最后的吼声

ZUIHOU DE HOUSHENG

抗战诗歌选

倪 林/编

中国文史出版社

历史并不遥远（序）

历史并不遥远。

若以生命为长度，现年七十七岁的人1945年出生，那年抗日战争胜利；而1937年日本全面侵华，全面抗战爆发，那一年出生的人今年八十五岁；更早的1931年，“九一八事变”离现在不过九十一年，那年出生的人现在是一个长寿者。七八十年，一个人的生命只是从头到尾走了一遭，这世界却物换星移、沧桑巨变。历史在大起大落、大开大合中跌跌撞撞地来到了信息社会。当年的大刀、烽烟、铁马冰河、血雨腥风却还似在眼前，仿佛触手可及。它像一帧老照片，虽已泛黄，人影绰绰，有着明显的折痕，却能嗅到硝烟的味道。那上面分明有一片黑云飞将出来，在你的头顶上盘旋着、盘旋着，经久不散，留给你大片的阴影。

中国人民抗日战争，1931年至1945年，整整十四年。

抗战胜利已经七十多年了。出版社有编一本抗战诗选的计划，我有点儿忐忑地接了下来。我在2020年新型冠状病毒疫情肆虐的几个月里肃穆地选编着抗战诗选，心境一会儿灰蒙蒙的，一会儿又闪着刺刀的明亮、鲜血的殷红。与七十多年前的那场战争相比，如今是又一场全民抗战，这次我们手起刀落，干净利落！与七十多年前一样，这次疫情的影响是深远的，既作用于身体，又作用于灵魂。在这样的情境下，我尽可能地搜集1931年到1945年发表和传诵的抗战诗歌，一边盘算着怎样尽可能地呈现出抗战诗歌创作的全景式风貌。一首一首地阅读，一个诗人一个诗人地认识，脑补着诗人当时写作时的环境和心态，脑补着这些诗当年是怎样撞击着人们的心胸，预想着怎么更加经典地把它献给今天的读者，深怕辜负了那些抗战诗人们在身处苦难与抗争中表现出的一片至情。

每个人都是诗人。民族危亡之际，拿起枪，拿起笔，激发斗志，拼死抗争。这本选集的诗人中有将领，有名人，有作家，有烈士，也有无名者。这些诗歌发表于报刊，书写于墙头，流传于耳畔，放歌于大河上下。这是真正的诗歌。直接，壮阔，坦荡于胸，不绝于耳，蘸着鲜血，拼着性命！冒着敌人的炮火，筑成新的长城，最危险的时候，最后的吼声，我们万众一心，前进！进！一以贯之的既是民族精神，又何尝不是我们的时代精神？

那段历史于我们，是前辈的述说，是历史课，是小说，是影视剧，是纪念馆，是某种仪式；是口号与标语——勿忘国耻，振兴中华；是“九一八”和南京大屠杀纪念日响彻神州上空的鸣笛声，是抗战胜利纪念日天安门广场大阅兵。明月夜，短松冈。七十多年了，今天，我们再一次用抗战诗歌纪念那段历史，如同寻觅在那一截堑壕中悄悄绽放的野菊花，把那淡黄的颜色映染夕阳，让残云如列，纵贯于头顶，横亘于眼前，撞击着酒酣胸胆，拍打着壮怀激烈！

听！《义勇军进行曲》又奏响了。撕裂着郁结于心的呐喊，壮阔、高亢，在心中经久回荡！此时，我明显地感到在我的面前，荧屏过于莹润，键盘过于轻巧，文字过于跳荡。一切都不足以安放七十多年前那些不屈的灵魂。一百多首抗战诗歌，每个字都是生命的跃动，每节音韵都有热血流淌。

这本抗战诗歌集特别精选了抗战的歌词结成一章，使诗和歌交相辉映，遂曰：诗歌选。

疫情还没完全过去，还谈不到彻底胜利；抗战已过去七十多年，我们又该如何纪念它？

感谢在本书编辑过程中给予协助的高吉柱、刘湘伟。

编　者

目　录

第一章：冒着敌人的炮火

（诗人的诗）

第二章：最后的吼声

（烈士的诗）

第三章：我们万众一心

（抗战歌曲）

第一章

冒着敌人的炮火

（诗人的诗）

吹号者

艾　青[1]

好像曾经听到人家说过，吹号者的命运是悲苦的，当他用自己的呼吸摩擦了号角的铜皮使号角发出声响的时候，常常有细到看不见的血丝，随着号声飞出来……

吹号者的脸常常是苍黄的……

一

在那些蜷卧在铺散着稻草的地面上的
困倦的人群里，
在那些穿着灰布衣服的污秽的人群里，
他最先醒来——
他醒来显得如此突兀
每天都好像被惊醒似的，
是的，他是被惊醒的，
惊醒他的
是黎明所乘的车辆的轮子
滚在天边的声音。

---

① 艾青（1910—1996），原名蒋海澄，浙江金华人。现代作家、诗人。1932 年在上海加入中国左翼美术家联盟，从事革命文艺活动。1933 年第一次用笔名艾青发表长诗《大堰河——我的保姆》。1935 年，出版了第一本诗集《大堰河》。

他睁开了眼睛，
在通宵不熄的微弱的灯光里
他看见了那挂在身边的号角，
他困惑地凝视着它
好像那些刚从睡眠中醒来
第一眼就看见自己心爱的恋人的人
一样欢喜——
在生活注定给他的日子当中
他不能不爱他的号角。

号角是美的——
它的通身
发着健康的光彩，
它的颈上
结着绯红的流苏。

吹号者从铺散着稻草的地面上起来了，
他不埋怨自己是睡在如此潮湿的泥地上，
他轻捷地绑好了裹腿，
他用冰冷的水洗过了脸，
他看着那些发出困乏的鼾声的同伴，
于是他伸手携去了他的号角。

门外依然是一片黝黑，
黎明没有到来，
那惊醒他的
是他自己对于黎明的

过于殷切的想望。

他走上了山坡，
在那山坡上伫立了很久，
终于他看见这每天都显现的奇迹：
黑夜收敛起她那神秘的帷幔，
群星倦了，一颗颗地散去……
黎明——这时间的新嫁娘啊
乘上有金色轮子的车辆
从天的那边到来……
我们的世界为了迎接她，
已在东方张挂了万丈的曙光……
看，
天地间在举行着最隆重的典礼……

二

现在他开始了，
站在蓝得透明的天穹的下面，
他开始以原野给他的清新的呼吸
吹送到号角里去，
——也夹带着纤细的血丝么？
使号角由于感激
以清新的声响还给原野，
——他以对于丰美的黎明的倾慕
吹起了起身号，
那声响流荡得多么辽远啊……

世界上的一切，
充溢着欢愉
承受了这号角的召唤……

林子醒了
传出一阵阵鸟雀的喧吵，
河流醒了
召引着马群去饮水，
村野醒了
农妇匆忙地从堤岸上走过，
旷场醒了
穿着灰布衣服的人群
从披着晨曦的破屋中出来，
拥挤着又排列着……

于是，他离开了山坡，
又把自己消失到那
无数的灰色的行列中去。

他吹过了吃饭号，
又吹过了集合号，
而当太阳以轰响的光采
辉煌了整个天穹的时候，
他以催促的热情
吹出了出发号。

三

那道路

是一直伸向永远没有止点的天边去的，
那道路
是以成万人的脚蹂踏着
成千的车轮滚辗着的泥泞铺成的，
那道路
连结着一个村庄又连结一个村庄，
那道路
爬过了一个土坡又爬过一个土坡，
而现在
太阳给那道路镀上了黄金了，
而我们的吹号者
在阳光照着的长长的队伍的最前面，
以行进号
给前进着的步伐
做了优美的拍节……

四

灰色的人群
散布在广阔的原野上，
今日的原野啊，
已用展向无限去的暗绿的苗草
给我们布置成庄严的祭坛了：
听，震耳的巨响
响在天边，
我们呼吸着泥土与草混合着的香味，
却也呼吸着来自远方的烟火的气息，
我们蛰伏在战壕里，

沉默而严肃地期待着一个命令，
像临盆的产妇
痛楚地期待着一个婴儿的诞生，
我们的心胸
从来未曾有像今天这样地充溢着爱情，
在时代安排给我们的
——也是自己预定给自己的
生命之终极的日子里，
我们没有一个不是以圣洁的意志
准备着获取在战斗中死去的光荣啊！

五

于是，惨酷的战斗开始了——
无数千万的战士
在闪光的惊觉中跃出了战壕，
广大的，激剧的奔跑
威胁着敌人地向前移动……
在震撼天地的冲杀声里，
在决不回头的一致的步伐里，
在狂流般奔涌着的人群里，
在紧密的连续的爆炸声里，
我们的吹号者
以生命所给与他的鼓舞，
一面奔跑，一面吹出了那
短促的，急迫的，激昂的，
在死亡之前决不中止的冲锋号，
那声音高过了一切，

又比一切都美丽，
正当他由于一种不能闪避的启示
任情地吐出胜利的祝祷的时候，
他被一颗旋转过他的心胸的子弹打中了！
他寂然地倒下去
没有一个人曾看见他倒下去，
他倒在那直到最后一刻
都深深地爱着的土地上，
然而，他的手
却依然紧紧地握着那号角。

在那号角滑溜的铜皮上，
映出了死者的血
和他的惨白的面容；
也映出了永远奔跑不完的
带着射击前进的人群，
和嘶鸣的马匹，
和隆隆的车辆……
而太阳，太阳
使那号角射出闪闪的光芒……

听啊，
那号角好像依然在响……

1939年3月末

（原载《文艺阵地》1939年5月16日第3卷第3期）

复活的土地

艾　青

腐朽的日子
早已沉到河底，
让流水冲洗得
快要不留痕迹了。

河岸上
春天的脚步所经过的地方，
到处是繁花与茂草；
而从那边的丛林里
也传出了
忠心于季节的百鸟之
高亢的歌唱。

播种者啊
是应该播种的时候了，
为了我们肯辛勤地劳作
大地将孕育
金色的颗粒。

就在此刻，
你——悲哀的诗人呀，

也应该拂去往日的忧郁，
让希望苏醒在你自己的
久久负伤着的心里：

因为，我们的曾经死了的大地，
在明朗的天空下
已复活了！
——苦难也已成为记忆，
在它温热的胸膛里
重新漩流着的
将是战斗者的血液。

1937年7月6日

雪落在中国的土地上

艾　青

雪落在中国的土地上，
寒冷在封锁着中国呀……

风，
像一个太悲哀了的老妇，
紧紧地跟随着
伸出寒冷的指爪
拉扯着行人的衣襟，
用着像土地一样古老的话
一刻也不停地絮聒着……

那丛林间出现的，
赶着马车的
你中国的农夫，
戴着皮帽
冒着大雪
你要到哪儿去呢？

告诉你
我也是农人的后裔——
由于你们的

刻满了痛苦的皱纹的脸
我能如此深深地
知道了
生活在草原上的人们的
岁月的艰辛。

而我
也并不比你们快乐啊
——躺在时间的河流上
苦难的浪涛
曾经几次把我吞没而又卷起——
流浪与禁监
已失去了我的青春的
最可贵的日子，
我的生命
也像你们的生命
一样的憔悴呀。

雪落在中国的土地上
寒冷在封锁着中国呀……

沿着雪夜的河流，
一盏小油灯在徐缓地移行，
那破烂的乌篷船里
映着灯光，垂着头
坐着的是谁呀？

——啊，你

蓬发垢面的少妇，
是不是
你的家
——那幸福与温暖的巢穴——
已被暴戾的敌人
烧毁了么？
是不是
也像这样的夜间，
失去了男人的保护，
在死亡的恐怖里
你已经受尽敌人刺刀的戏弄？

咳，就在如此寒冷的今夜，
无数的
我们的年老的母亲，
都蜷伏在不是自己的家里，
就像异邦人
不知明天的车轮
要滚上怎样的路程……
——而且
中国的路
是如此的崎岖
是如此的泥泞呀。

雪落在中国的土地上，
寒冷在封锁着中国呀……

透过雪夜的草原

那些被烽火所啮啃着的地域，
无数的土地的垦殖者
失去了他们所饲养的家畜
失去了他们肥沃的土地
拥挤在
生活的绝望的污巷里：
饥馑的大地
朝向阴暗的天
伸出乞援的
颤抖着的两臂。
中国的苦痛与灾难
像这雪夜一样广阔而又漫长呀！

雪落在中国的土地上，
寒冷在封锁着中国呀……

中国，
我的在没有灯光的晚上
所写的无力的诗句
能给你些许的温暖么？

1937年12月28日夜间

我爱这土地[1]

艾　青

假如我是一只鸟，
我也应该用嘶哑的喉咙歌唱：
这被暴风雨所打击着的土地，
这永远汹涌着我们的悲愤的河流，
这无止息地吹刮着的激怒的风，
和那来自林间的无比温柔的黎明……
——然后我死了，
连羽毛也腐烂在土地里面。

为什么我的眼里常含泪水？
因为我对这土地爱得深沉……

1938 年 11 月 17 日

① 1938 年，武汉失守，日本侵略者的铁蹄践踏着中国土地。作者怀着对祖国的热爱和对日本侵略者的仇恨写下此诗。

给死者

巴　金①

我们再没有眼泪为你们流，
只有全量的赤血能洗尽我们的悔与羞；
我们更没有权利侮辱死者的光荣，
只有我们还须忍受更大的惨痛和苦辛。
我们曾夸耀为自由的人，
我们曾侈说勇敢与牺牲，
我们整日在危崖上酣睡，
一排枪，一片火，毁灭了我们的梦景。
烈火烧毁年轻的生命，
铁蹄踏上和平的田庄，
血腥的风扫荡繁荣的城市，
留下——死，静寂和凄凉。
我们卑怯地在黑暗中垂泪，
在屈辱里寻求片刻的安宁。
六年前的尸骸在荒茔里腐烂了，
一排枪，一片火，又带走无数的生命。
“正义”沦亡在枪刺下，

---

① 巴金（1904—2005），原名李尧棠，字芾甘，四川成都人。现当代文学家、出版家、翻译家，被誉为五四新文化运动以来最有影响的作家之一。代表作有长篇小说《家》《春》《秋》《寒夜》，散文集《随想录》等。

“自由”被践踏如一张废纸，
侵略者在中国的土地上安排庆功宴，
无辜者的赤血喊叫着“复仇!”
是你们勇敢地从黑暗中叫出反抗的呼声，
是你们洒着血冒着敌人的枪弹前进：
“前进啊，我宁愿在战场做无头的厉鬼，
不要做一个屈辱的奴隶而偷生!”
我们不再把眼泪和叹息带到你们的墓前，
我们要用血和肉来响应你们的呐喊，
你们勇敢的战死者，静静地安息吧，
等我们最后一滴血洒在中国的平原。

（选自《抗战诗选》，战时文化出版社
1938年2月初版）

肉　搏

蔡其矫[1]

白色的阳光照在高高的山上，
在那里，剧烈的战斗正在进行。

近旁，那青铜的军号悲壮地响起，
冲锋的军号，以庄严的声音，鼓舞我们的士兵。

一个青年，我们团里的一个新兵，
飞似的前进，子弹在脚下扬起缕缕烟尘。
而在山岩后，一个日本军曹迎上来。

于是开始了惊心动魄的肉搏战！
军号还在吹，山谷震响着喊杀声……

交锋几个回合，那青年猛力刺了一刀，
敌人来不及回避，也把刺刀迎面刺来，
两把刺刀同时刺入两人的胸膛，
两个人全静止般地对峙着，啊！决死的斗争！

---

① 蔡其矫（1918—2007），福建晋江人。现当代诗人。1936年参加学生爱国运动，开始创作反映抗日斗争的作品。1939年毕业于延安鲁迅艺术学院文学系。著有诗集《回声集》《涛声集》《生活的歌》等。

只因为勇士的刺刀比日本人的刺刀短几分，
才没叫颤栗的敌人倒下来，
我们的勇士没有时间思索，有的是决心，
他猛力把胸膛往前一挺，让敌人的刺刀穿过背梁，
勇士的刺刀同时深深地刺入敌人的胸膛，
敌人倒下，勇士站立着。山谷顿时寂静！

第二年，在那流血的地方来了一只山鹰，
它瞅望着，盘旋着，要栖息在英雄的坟墓上；
它仿佛是英雄的化身，不忍离开故乡的山谷。
过路的士兵呀！请举起你的手向它致敬。

1942 年，晋察冀

（选自《回声集》，作家出版社 1956 年版）

雁翎队

蔡其矫

有人从冀中来，告诉我白洋淀的人民，是怎样用打雁的武器打敌人。现在他们已经组织起来了，以雁翎为记。

白洋淀，我所梦想的地方，
像十一月的天空，美丽而安详。

在那平静的水面，走着无数的小船，
前面威武的船头上，架着打雁的抬枪。

啊！有多少肥美的雁群呀！
密集的雁群，骚扰的雁群，亲爱的雁群，
从湖面飞起，像一张罗网牵过湖面。

这时枪响了，在硝烟里有黑点猝然降落，
于是平底船快快移行，船头激起白的浪花，
那萧瑟的芦叶滴着雁的鲜血。

而今日，人们不再用火药对付雁群了，
因为灾难和战争侵入白洋淀，白洋淀起来反抗。

啊！那触目的汽船，骄傲地在水上行驶，

那蠢笨的日本人，张着眼在苇丛里寻找什么呀！

啊！青年们！快把船划出港汊！
我们生在白洋淀，白洋淀不能受侵略，
在故乡的水面上和敌人决一死战吧！

啊！勇敢的伙伴！快把抬枪扶准，
让波浪作为敌人永久的坟墓，让我们胜利归来，
迎接我们的将是光明的村庄和欢呼的白洋淀！

1942年，晋察冀

元日祝福

戴望舒①

新的年岁带给我们新的希望。
祝福！我们的土地，
血染的土地，焦裂的土地，
更坚强的生命将从而滋长。

新的年岁带给我们新的力量。
祝福！我们的人民，
坚苦的人民，英勇的人民，
苦难会带来自由解放。

1939 年元旦

① 戴望舒（1905—1950），名承，字朝安，浙江杭州人。现代诗人、翻译家。曾赴法国留学，抗日战争时期在香港参加进步文化运动，宣传抗日。

我用残损的手掌

戴望舒

我用残损的手掌
摸索这广大的土地：
这一角已变成灰烬；
那一角只是血和泥；
这一片湖该是我的家乡，
（春天，堤上繁花如锦障，
嫩柳枝折断有奇异的芬芳，）
我触到荇藻和水的微凉；
这长白山的雪峰冷到彻骨，
这黄河的水夹泥沙在指间滑出；
江南的水田，你当年新生的禾草
是那么细，那么软……现在只有蓬蒿；
岭南的荔枝花寂寞地憔悴，
尽那边，我蘸着南海没有渔船的苦水……

无形的手掌掠过无限的江山，
手指沾了血和灰，手指沾了阴暗，
只有那辽远的一角依然完整，
温暖，明朗，坚固而蓬勃生春。
在那上面，我用残损的手掌轻抚，
像恋人的柔发，婴孩手中乳。

我把全部的力量运在手掌
贴在上面，寄予爱和一切希望，
因为只有那里是太阳，是春，
将驱逐阴暗，带来苏生，
因为只有那里我们不像牲口一样活，
蝼蚁一样死……
那里，永恒的中国！

1942 年 7 月 3 日

狱中题壁

戴望舒

如果我死在这里，
朋友啊，不要悲伤，
我会永远地生存，
在你们的心上。

你们之中的一个死了，
在日本占领地的牢里，
他怀着的深深仇恨，
你们应该永远地记忆。

当你们回来，
从泥土掘起他伤损的肢体，
用你们胜利的欢呼，
把他的灵魂高高扬起。

然后把他的白骨放在山峰，
曝着太阳，沐着飘风：
在那暗黑潮湿的土牢，
这曾是他唯一的美梦。

1942年4月27日

寒　村

丁　芒[①]

寒风吹得
水冻了，
泥白了，
树枝抖了，
虫儿们藏了。
早晨，霜覆在
菜上，
麦苗上，
车篷上，
和草置上。
有三五只母鸡，在
土场角，
太阳里，
爬搔着泥沙。
孩子们穿得
像树桩，

① 丁芒（1925—　），生于江苏南通。当代著名诗人、作家、文艺评论家、散文家、书法家。中共党员。现居住于江苏南京。2012 年 5 月被推举为中华诗学研究会名誉会长。曾用笔名：轶明、田复离、艾洛莱、岑中逸等。作品获奖多次，如《苦丁斋笔记》系列获 1990 年金陵文学奖，《当代诗词学》获 2000 年首届龙文化金奖。1999 年国际华文诗书学会美学评委会授予他“二十世纪国际桂冠诗人”荣誉称号。

像爆竹，
聚挤在朝阳的土墙角。
村妇走去，
用木桶
碰破一池冰肤，
提一桶浓浓的水，
去烧一锅
稀薄的玉米粥。

1944年12月8日

（此诗刊于《江北日报》副刊《诗歌线》，
后载入《中国四十年代诗选》）

嘉陵江上

端木蕻良①

那一天，
敌人打到了我的村庄。
我失去了我的田舍，家人和牛羊。
如今我徘徊在嘉陵江上，
我仿佛闻到故乡泥土的芳香。
一样的流水，一样的月亮，
我已失去了一切欢笑和梦想。
江水每夜呜咽地流过，
都仿佛流在我的心上。
我必须回到我的家乡，
为了那没有收割的菜花，
和那饿瘦了的羔羊。
我必须回去，
从敌人的枪弹底下回去；
我必须回去，

---

① 端木蕻良（1912—1996），原名曹汉文，辽宁昌图县人。现当代作家。1932年加入“左联”，发表小说处女作《母亲》。1933年开始创作长篇小说《科尔沁旗草原》，1935年完成，成为东北作家群有重要影响的作品之一。另有长篇小说《大地的海》《江南风景》《大江》，短篇小说集《憎恨》《风陵渡》，童话《星星记》，散文《土地的誓言》，京剧《戚继光斩子》《除三害》，评剧《罗汉钱》《梁山伯与祝英台》，长篇历史小说《曹雪芹》。

从敌人的刺刀丛里回去：
把我打胜仗的刀枪，
放在我生长的地方！

（文汇书店 1942 年 11 月初版）

铁与血的歌唱

——为“七七”事件卢沟桥战士而作

方家达[①]

一

我们望眼欲穿，
我们每天期待——
这一天的来到！
我们实在不能忍耐了！
我们已经等候这许多年了。

二

许多年的血债，
仇恨，
愤怒，
耻辱，
算不清！说不尽。

---

① 方家达，现代诗人，著有诗集《松花江上的歌声》等。

三

这血债，这仇恨，
这愤怒，这耻辱：
时刻在我们的心头沸腾！
是刀在割，是火在焚。

四

直到——今天，才听到一个喜讯。
大伙儿的脸上拂去忧郁，挂上了笑容。
这一天终于来到了！
这一天终于来到了！

五

忍耐得太久了！
这愤怒，这耻辱，
我们要尽量报复。
这仇恨，这血债，
我们要一一算清。

六

为着活命，为着生存，
四万万五千万人：
是一颗心！

今天，真个要跟敌人拼命！

七

干呦，没有犹疑！
拿起我们的枪，
向敌人瞄准。
准备我们一切的武器：
大刀，长矛，斧头，铁锄……

八

战呦，没犹疑！
用铁与血——
冲上前去！
我们需要自由。

九

没犹疑！
也再没有和平！
更没有恐惧了。
只有展开全面抗战，
才是我们唯一而光明的路程。

十

从卢沟桥——

传来了一个天大的喜讯，
这一天终于来到了！
敬爱的战士们
我们万众一心，做你的后盾。

1937年7月22日，上海

骨

方　然[1]

马路边立着一块大碑：

“这里埋着

为抗战而战死的

同志们，敬礼！”

为何埋在这里？

是为着使我们能看着

无数后来者从坟前走过。

开荒的同志

一锄头掘出一颗头颅骨。

“换一块地吧，

这怕是战士骨呀！”

“行，就让骨头成为肥料，

养育我们的土地！

战士的一切

---

① 方然（1919—1966），怀宁县凉亭乡人，原名朱声，笔名穆海清、柏寒等。1938 年赴延安陕北公学学习，1940 年考入金陵大学中文系，毕业后在成都、重庆等地中学教书。与胡风、绿原等大批诗人，成为七月诗派的重要成员。

都是为着抗战的!”

（节选自《边城草》，原载 1943 年 7 月 1 日
桂林《文学杂志》创刊号）

报 信 者

方 然

一

你的肚子没有饱，
你的汗水没有干，
你的脊上的肉快要烂到骨头了，
而今夜你要背着我拼命地飞奔，
我的白马哟！
大风来了，
别让细砂与
你长长的鬃毛蒙住你的眼睛；
大雨来了，
别让石子烂泥
滑倒你的铁蹄；
别让闪电惊吓了你；
如果敌人的枪弹
穿透我的胸膛，
我一定还是紧紧地
搂住你的颈项；
用尽最后一口气，
你要掉头飞快地把我背回来，

睁大了眼睛呀，
别失去了方向，
别让我落在敌人的手上！
…………

二

一根枪，
十颗子弹，
两个硬馒头，
贴着胸口一封信，
一封打着三个十字，
插上鸡毛的信呀。
我打上第一鞭，
四处白杨与凝视我的黑夜，
都颤抖了。
飞奔吧，我的命运！

三

我是怎样地抽打我的马啊，
我同它一起
血里打滚三个年头……

四

我们是一片黑云，
在狂风里飞奔，滚转，

我失去知觉了，
我只听到黑夜
呼啸着奔腾过去了，
我仿佛觉着黑夜
在燃烧着无边的火哟！

五

太阳出来了，
太阳在山顶上出来，
我站在太阳的前面，
我喘息着，
我要昂头尽力喊呀，
仿佛在我下面
有无数万人静静地
仰望着，倾听着。

六

我来报信，
我来传话！
就在昨天夜里，
我们的大队人马呀，
就从冰上开过去了，
开过汾河！
你们没看到
那长长的火把吗？
就在敌人对面的山上烧！

七

你咬牙复仇地去啊，
你日夜盼望着地去啊，
你没有牙齿的老村长
流泪拥抱我吧！
我们的队伍，
里面有你们的儿孙的队伍，
就要从这里经过了！

八

那边，敌人，
烧死了老婆子，
拷打死我们的同志，
宰了我们的牛。
我们的同志被挖去了眼睛，
牙齿啃着地等待着我们，
我们今夜
在那里举行夜祭！
听着枪声吧！

九

姑娘，
赶快捧出黑豆喂喂我的马吧！
啊，你在开水里还放上糖！

我记不清楚
谁是你的“情郎”，
你见到他，
你再拉住他说个三天三夜吧，
我传话传不了那么许多呀！

十

孩子们走开，
让我上马！
看，我多神气！
再过几年，
你们才能像我这样呀！
好呀，
打下几个最红的柿子
给我带去吧。

十一

太阳出来多高了，
羊群从我身旁走过，
用惊异的小眼睛，
望着我的高头大马，
一只母羊沿路滴着乳汁，
我凝望着，
我好像在想或是回忆什么——
啊，我翻身上马，
我要勒着缰绳抽打了，

我要奔下
那喷着雾的山沟了，
我要回去了，
我的枪弹还是一颗也未发出呀！

1941年10月，改作

（选自《诗创作》1942年12月第17期）

还乡河上

管　桦①

还乡河上，还乡河上，
枪弹呼啸，大炮轰响，
土地在马蹄下震荡，
烈火卷走了村庄。
沉重的乌云，遮盖了田野，
灾难压在国土上。

还乡河上，还乡河上，
血红的落日，滚滚的波浪，
好像鲜红的血流，
涌出大地的胸膛。
风卷着黄沙，在田野上悲号，
灾难压在国土上。

还乡河上，还乡河上，
号角在吹，战马长嘶。
在这广大的土地上，

---

① 管桦（1922—2002），原名鲍化普，河北丰润人。现当代诗人、作家。1940年参加革命工作。1942年毕业于华北联合大学文学系。著有短篇小说集《妈妈同志》《三支火把》，中篇小说《小英雄雨来》，诗歌散文集《生命的呐喊与爱》，以及大量的儿童文学作品。

战斗的旗帜飞扬。
冲过烟尘，冲过火网，
子弟兵奔向战场。

1944 年

我们歌唱黄河

——为绥德二百余人的“黄河大合唱”演出而作

郭小川[①]

我们在河边上住了几百代，
我们对黄河有着最深的乡土爱，
我们知道河边上
有多少村庄，
多少山崖；
我们知道
什么时候浪头高，
什么时候山水来；
我们歌唱黄河，
也歌唱我们的乡土爱。

来呀，
今天这样好日子，
为什么不唱起来！
来呀，

---

① 郭小川（1919—1976），原名郭恩大，河北丰宁人。现当代诗人。1933年，积极投身于抗日救亡的学生运动，是党领导下的民族解放先锋队文艺青年联合会的活跃成员，开始用诗歌做武器，参加民族解放斗争。著有诗集《投入火热的斗争》《致青年公民》《雪与山谷》《将军三部曲》《甘蔗林——青纱帐》《郭小川诗选》等。

今天这样好日子，
你还把谁等待！

来呀，
你们这脸上没有胡子的，
额上没有皱纹的，
这正是我们歌唱的时代！
来呀，
你们这和强盗厮杀的战士们，
和浪涛搏斗的水手们，
和土地拼命的农民们，
大胆地跳上舞台！

唱吧，
今儿天上没有阴霾，
你爱呼吸就呼吸个痛快；
今儿天上缀满星星，
给我们生命无限的光采；
今儿这广大的黄河西岸
是你的舞台，
是我的舞台，
是大家的舞台。

唱吧，
你敲家伙，
我道白，
扬起你的歌喉，兄弟，
泛起你的酒窝呀，朋友！

我们唱出黄河的愤怒，
唱出黄河的悲哀，
让我们集体的歌声
和黄河融和起来！

唱吧，
我们的歌声
不叫敌人过黄河！
唱吧，
我们的歌声
不许我们周围有破坏者！

我们不停息地唱，
我们不停息地歌，
直到这北方的巨流——
属于工人的河，
属于农民的河，
属于学生旅行的河，
属于青年人唱情歌的河，
属于将士胜利归来饮马的河……
那时候，我们站在河岸上
静静地听
黄河给我们唱
最动人
最快乐
最幸福的歌。

1940 年 5 月 4 日，陕北绥德

滹沱河上的儿童团员

郭小川

咕噜噜，咕噜噜，
滹沱河水在歌唱，
滹沱河皮放金光，
屹立在河岸的儿童团员呀，
——滹沱河的儿子，
你闹什么勾当？

看你是多么不调和！
高高的红缨枪，
拿在你这矮小的孩子的手上，
可是，你会说：
“别瞧我小呀，
我把守着晋察冀的哨岗。”
当你那小眼睛闪光，
枪刃闪光，
河皮闪光，
你那铜铃般的声响，
打问路上的对方：
“路条！”
那人就得赶快把它递给你。
你，这晋察冀的臂膀！

你的锐利的眼睛，
时时向路上张望，
一听到河水的歌唱，
你唱得比河水更悠扬；
“滹沱河，长又长，
你是我的大姨娘；
滹沱河，粗又粗，
你是我的大姑姑。”
咕噜噜，咕噜噜，
河水呜咽着走向远方。
“姨娘遭殃我帮忙，
姑姑遭殃我拿枪。”

一回头，那密密的柿子黑枣，
把你眼珠照红：
“柿子红，
黑枣青，
咕咚——
掉到河里叫水冲，
一冲冲到县政府，
一冲冲到八路军营，
大家吃个饱，
一齐去打日本兵。”
那面，一个战士骑马来了，
于是，你的小嘴笑得像红缨，
小手拔起葱绿的草，
献给马上的兵，

大马把你比得那么小，
你那清脆的话语突破天空：
“同志，同志，
给你这把草，
把你这大马喂得胖胖的，
骑上一股风，
去打平山城！”
战士给你敬个举手礼去了，
你呆呆地望着，一动也不动……

你怀念起那可爱的平山城，
你的心儿像河水一般汹涌：
两年前，你跟爸爸进城去卖黑枣，
那儿你吃了一肚子烧饼，
今儿你只能看河水流向东，
你不能再去吃烧饼。

日本鬼子把城烧得干净，
把人杀个干净……
想一想，你唱起歌来像敲钟：
“我们在太行山上，
我们在太行山上，
敌人从哪里进攻，
我们就让他在哪里灭亡……”

咕噜噜，咕噜噜，
滹沱河水在歌唱，
滹沱河皮放金光，

屹立在河岸的儿童团员呀，
——滹沱河的儿子！
你干出了英雄的勾当。

1939年8月于晋察冀边区

中国的春天

蒋锡金[1]

看啊，穿过了冰雪的寒冷，
突出了潮湿和阴暗，
中国又到了春天！

春天的风一阵阵地吹来了，
枯黄的大地，
渐渐地渐渐地变成一片嫩绿的草原；
解冻了的江河，水流
更成天发出兴奋的琅琅的声响；
层叠连绵的山岭，
映在阳光里的是一张张希望的笑脸。

忧伤的国度里，
人们的忧伤的日子并没有终结；
踏过了屈辱和忍耐的路，
在含着泪的眼睛里，
闪亮出了跳动的复仇的火焰。

---

① 蒋锡金（1915—2003），江苏宜兴人。现代诗人、作家、学者。著有抒情诗集《黄昏星》、儿童叙事诗《瘸腿的甲鱼》、剧本《台儿庄》《横山镇》等，编有《鲁迅年谱》等，并参加了《鲁迅全集》《郭沫若全集》的编辑出版工作。

骚动着的村庄，
人们捡起了土枪，
端整了锄头，
把镰刀也磨亮了，
抖擞一下肩膀；
瞪着眼，横着心等待，
那一步步一步步卷近来的，
炮火的硝烟。
中国又到了春天啊！

让我们四面八方跳出来的新的战士，
快意地发出他们准确的子弹，
射杀凶横的侵略者在面前。
让田野里我们的农夫吆喝着牛儿，
翻起一块块坚硬的泥土，
埋下我们的一粒粒谷种。
让我们从倾倒了的瓦砾堆里，
爬出来，站直，
再挥动我们的粗壮的手。
让汽笛洪亮地从别地方叫起来，
机器在阳光的窗户里更快地转动，
高烟囱里吐出更重的浓烟。
让停顿着的起来奔跑。
让忧伤的叹息变为快意的笑。
让哀哭改作呼号。
让我们抬起头来看。
春天的风一阵阵地吹起了！

再不见往日的春天的平静，
是火热的殷红的希望填满了人的心；
清醒的人们迎着走近来的苦难，
用整个的生命来战斗；
也清醒地理会了，像是季节
世界也要来到一个巨大的变。
毁灭，死亡，猛烈地来到，
坚强的战斗里，
春天却透出来消息：
新的力量在成长起来，
新的希望在增添。

像是山峰在一点一点披上新的光辉的
像是干涸的河床一点一点在涨满着的
像是枝头的嫩芽一点一点在萌发着的
是光明胜利真理，
以及我们的新的平和的日子，
也一点一点在显现。
啊，中国的春天！

（选自《文艺阵地》1938年5月第1卷第2号）

流　　尸

蒋锡金

别问这些流尸从哪儿来，
抛开了茫然的悲悼，
该为自己来日的命运心跳！
　那流尸全让硫酸给烂去了脸皮，
　顺流而下，满江全蒸发着尸气。

别问这些流尸往哪儿去，
听远近的号角战鼓，
要去死线上夺取一条生路。
　更会有千万流尸接连往海上漂，
　不做奴隶！流尸也要张着嘴叫。

（选自1941年5月诗歌书店《黄昏星》初版本）

笑　　容

蒋锡金

一个沉重的夜过去了，
接着，在曦光里，太阳又升了起来；
在无数的被害的尸体中间，
我看见了一个死者脸上的笑颜。

这笑容是如此的冷，
直逼得我打起寒噤；
我害怕，使我心惊，
但转不开我的眼睛。

这哪里是喜乐的笑，
他已被射得鲜血淋淋；
却还是自若地笑着，
像无关心于自己的命运。

我直看到我的两眼眩迷，
好像觉得被杀害者就是自己；
我也会笑，我要笑，
因为被杀害并不需要悲戚。

我也纵情地笑着，

直到有热泪把两眼掩住；
以后那笑容便总印在我心上，
虽然那尸体已早被埋起。

（选自 1941 年 5 月诗歌书店《黄昏星》初版本）

七夕有感

老　舍[1]

抗战今开第五年，男儿志在复幽燕。
金陵纵有降臣表，铁甲终辉国士天。
斜汉双星休乞巧，西风万里且争先。
多情最是卢沟月，犹照英雄血色鲜。

1941 年，重庆

① 老舍（1899—1966），原名舒庆春，满族，北京人。现代小说家，杰出的语言大师，新中国第一位获得“人民艺术家”称号的作家。代表作有长篇小说《骆驼祥子》《四世同堂》，剧本《茶馆》。

剑北篇·小引

老　舍

在中华复兴的大路上，
我四过西安，三宿平原，
——像浪子，啊，多少世代的流浪，
去探望民族的故乡——
到日月山前的草原上，
到周秦陵墓两旁的
古战场，而今哪，又成了战场，
去慰问抗战英雄们的健康！
一路上，车声炮响，
并掩不住抗战的歌唱：
在城镇，在塞外，在村庄，
中华儿女都高唱着奋起救亡；
用头颅与热血保证希望，
今日的长城建在人心上！
到处，人影旗光，风尘浩荡，
我遇上中华的铁汉开往前方；
任凭乌纱岭上的积雪十丈，
还是瀚海里的亘古饥荒，
都拦不住健儿的前进，健儿的歌唱；
无边的兴奋，在未到战场，
先战胜了饥渴风霜！

看，英雄们，伞大的竹笠歪在头上，
头上是汗，手中是枪，
从新开的大路上，
从古代栈道的两旁，
往渡口，往山岗，
往绿影里的村庄；
从多少多少不同的方向，
都去击射那白旗上的太阳！
热汗热血，步阔胸昂，
简单的歌曲倾诉着热心肠：
“多咱民族得到解放，
多咱咱们凯旋故乡！
啊！在咱们的城镇与村庄，
若还有敌骑来往，
敌兵的枪响，
咱们就不能，良心先不让，
怕死贪生地放下刀枪！
只要头还在项上，
怎肯叫小鬼们猖狂！
往东南，往西北，往四方，
走尽牺牲的路径才是大道康庄！
让咱们歌笑着走上沙场，
把国旗高扬，
把仇敌扫荡。
国旗高扬，
山高水长！”
哪个奴隶的嘴敢响一响，
露出一点点挣开锁镣的思想？

哪个顺民敢有主张，
把灵魂，像珍珠似的，放在自己的手心上？
啊！挺起胸来的勇士才敢高唱！
哭泣是亡国奴的反抗！
看，看我们，从南海到塞上，
五百万健儿齐唱：
像塞风的欣狂，
黄河的奔放；
怒狮吼落东亚的残阳，
惊雷给风暴以更大的激荡！
是的，黄帝子孙为了和平换上武装，
前进，高唱！
歌声暂停，号声激壮，
那严肃，那刚强，
在等待扫灭敌人的那一响，
似乎能听见雪花落在天山上！
惭愧，我们没有肥美的羔羊，
没有美丽而合乎英雄身份的衣裳，
送到战壕，战地，与战场，
在震天动地的欢笑里共饮如狂；
带来的，除了荣誉的锦旗几张，
只有四万万同胞的关切与赞扬！
壮士们，沿路听到你们歌唱，
也看见你们须发上的晨霜；
谁不知道你们的豪爽，
义气，至大至刚？
有什么礼物，有什么酒肉的相让，
足以打动英雄们的义胆侠肠？

咱们只有一个仇敌，咱们的心都一样，
啊，来吧，让笑与泪一齐挂在脸上，
像久别的亲手足相会在他乡：
咱们握手，咱们叙一叙家常，
你讲前线，我讲后方，
大家的苦痛，大家的希望；
让困苦投降给希望，
叫正义打退了魔鬼的疯狂！
我们唱啊，我们一齐唱，
沸腾的热血，壮烈的歌腔，
对着烽火、明月，或朝阳，
我们且舞且唱：
大风起兮云飞扬，
中华的猛士有死无降，
守住四方，
从紫塞到珠江，
流不尽的血浪，
歌声里荡漾，
闪耀着中华历史的新光！
听，塞上的夜莺也在歌唱，
南国的玫瑰也许刚把蕊放，
惭愧，没有带着鲜露的香花献上，
诚恳地插在您的宝星之旁，
没有香烈的美酒琼浆，
润一润铁喉，暖一暖侠肠，
除了这点真心，由后方到前方，
来问候壮士们的健康，
还有什么呢？啊，夜莺在唱，

假若不嫌寒酸，而喜其悲壮，
同志们，我就把这几句小诗献上！

（选自 1940 年 3 月 26 日重庆《大公报》）

地之子

李广田①

我是生自土中，
来自田间的，
这大地，我的母亲，
我对她有着作为人子的深情。
我爱着这地面上的沙壤，湿软软的，
我的襁褓；
更爱着绿茸茸的田禾、野草，
保姆的怀抱。
我愿安息在这土地上，
在这人类的田野里生长，
生长又死亡。

我在地上，
昂了首，望着天上。
望着白的云，
彩色的虹，
也望着碧蓝的晴空。
但我的脚却永踏着土地，

---

① 李广田（1906—1968），号洗岑，笔名黎地、曦晨等，山东邹平人。现代诗人、散文家。1929年考入北京大学外语系，次年开始发表文学作品。曾与北大学友卞之琳、何其芳合出诗集《汉园集》。

我永嗅着人间的土的气息。
我无心于住在天国里，
因为住在天国时，
便换掉了天国，
且失掉了我的母亲，这土地。

1933 年春

亡国是可怕的

李金发[1]

几万万有血肉，有性灵的赤子啊！
你们难道不觉得，
一种死的恐怖，灭亡的威胁，
笼罩着扼制着我们？
没有一刻，我们能自由地呼吸，
没有一句话，能自由地宣说，
没有一年能愉快地度过，
好像我们是再不许在人间生存！
原来一个狠毒的恶魔，
正在吸收我们的血液，
无时不向我们张牙舞爪，
他吞食我们祖先遗留的福地，
屠杀走投无路的同胞，
驱使饥饿的兄弟作牛马；
不出百年这恶魔定使我们灭种，
祖先的田园庐墓，
便成为他的牧马草场，

---

① 李金发（1900—1976），原名李淑良，广东梅县人。现代诗人。1919年赴法勤工俭学。1925年至1927年出版诗集《微雨》《为幸福而歌》《食客与凶年》，是中国早期象征诗派的代表作，对中国新诗艺术的发展进行了有益的探索和尝试。

几万方里的乐土，
将为他盘踞着，
自然地繁殖他的魔种！
遍地是魔足声相应和，
无数的人将在各处行其过度的鞠躬，
隆隆的飞机巨炮之音，
使地下冤死的人片刻不安，
不，那时我们的灵魂也被震碎，
骨屑也会给他作铺路的材料。
假如有少数生存华胄，
定被囚入动物园供其子孙凭吊，
或马戏场中献技作揖，
供他们欢笑，但鼻上必不忘
加上铁链，手脚必得加镣，
肌肤上必得文身，
到没有呼吸时候为止！

（选自《抗战诗选》，战时文化出版社
1938年2月出版）

风　暴

力　扬①

从亚细亚的高原
——我们先民
所游牧的草野，
风暴起来了。

它呼啸在森林，
呼啸在山谷，
呼啸在万里的长流
与荒冷的大漠。
奴隶们，在风暴里
勇敢地扭断锁链，
驰向亚细亚的海岸，
迎击着夜袭的匪盗。

而且，将举起

① 力扬（1908—1964），原名季信，字汉卿，浙江青田县人。现代诗人。著有诗集《枷锁与自由》《我的竖琴》等。

浴血的巨臂，

仰向东方的黎明，

呼唤着新生的太阳。

1937 年冬于长沙

给战士

吕亮耕[1]

我叫冲锋号鼓舞你，
华夏健儿好身手——
继后羿射日的雄姿，
洞穿那一面面日章旗！

遥祝你钢铁的行列，
过黄河，过海河，过天下第一关……
扫荡处处的烽烟，
还我大好河山！

终有那一天，重来饮马长城，
我为你奏胜利的铙吹[2]：
且笑谈渴饮倭奴血，
高斟起美酒夜光杯！

（原载1938年4月8日长沙《抗战日报》
副刊《诗歌战线》第4期）

---

① 吕亮耕（1914—1974），著名现代派诗人、作家、报人。解放前，先后担任多种报纸的副刊编辑、总编辑、主笔，极力提倡新诗并创作了大量诗歌、散文、小说。解放后，在衡阳市中学任教，1974年病逝。出版诗集《金筑集》《吕亮耕诗选》等。

② 铙吹：古军中乐器名，类现代之军号。

大时代的诗人

吕亮耕

大时代的诗人——
你戍守着文化的前垒的
鼓起胸气，鼓起生命的活力，
而壮快地吹动诗的号角吧：
　呼召未死的国魂
　呼召未死的民心
集合为正义而献身的战士们
集合一切不愿做奴隶的人们
和仇敌决一场生死的斗争！
让呜呜号角的悲鸣——
(像横扫荒原上的野草
那冬头十月劲急的天风)
谱成催征的导曲；
也谱成凯旋的壮音！

大时代的诗人——
你瞭望着人类的远景的，
用慧眼，用大悲神的怜悯，
而指点出真理的面貌来吧：
　昭示苦难的奴隶
　昭示苦难的子民

透过漫天的硝雾弹雨
透过匝地的火障烟氛
　　和平的胜景已经在望！
不久——奴隶也会翻身，
　　在地狱上面建起天堂！
乐园将为正义的人们而重新显现，
未来的生活将永远如瑰丽的诗篇！

1938年5月

（原载1938年5月26日长沙《抗战日报》
副刊《诗歌战线》第11期）

不死的记忆

吕亮耕

在绿色的慰抚里长成的孩子，
长记住长江南岸的家乡，
春来了，而我如逐客，
被流放到另一城市，
看草青草长，有如昨冬的记忆，
不死的记忆又抽出嫩芽来啦。

忘不了那一个夜晚
从海岛来的野蛮人，
用万发炮火轰红了家乡的大月亮，
和月亮下和平的庄园，
我乃如从噩梦里惊醒过来，
揉一揉眼睑，再不敢回望
火海里的故居，
踉跄地出走了（什么也不带走）
仅挟走满腔的愤火——
那燃烧着的不死的记忆，
和复仇的心。

正为着春来了，不死的记忆，
又抽出一茎茎嫩绿的新芽——

从春树头，从纵横的阡陌上，
从如绣的平原……
家乡的影子又摇晃到心上来了。
这要撕裂我的心胸的记忆啊——

三月啦，池沼解冻的日子，
春色该已缀遍江南岸了，
我怀想起故园的条桑，
和一脉脉海绿的东畴，
家家户户忙着农事的，
蚕饥水足的季节啊。
可再有踏歌工作的采桑女？
可再有踏歌工作的插秧人？

而怀念已成为祭吊了。
那拴过仇人战马的杨柳条，
和柳条下古风的茅屋，
早给火药吞噬去了哩。
而火药又驱逐了
多多少少人远走天涯。
衣襟上还残留着火药的气息呢。
(这将是复仇的凭藉!)
那些在绿色的抚慰里长成的
抛别乡井的少年人，
谁个不在等待复仇的日子，
举起胳膊，而跃跃欲试……

祖国啊，被毒鸷啮食着的——

秋海棠叶形的葱绿的版图，
我们要来抢护你，拱护你，
从它贪得无厌的血口里！
如今复仇的日子已经来到，
远天的号角在呼召，
每个人心底的不死的记忆，
和燃烧这记忆的复仇的火焰：
亚细亚的锦绣地带，
不容许海盗的铁蹄践踏！
我们将去抢回这东半球上的和平的摇篮，
去抢回我们的幸福，我们的家！

（原载 1938 年 12 月 20 日上海《文丛》第 2 卷第 4 号，
又载 1947 年 9 月 20 日九江《型报·大地》）

野　兽

穆　旦①

黑夜里叫出了野性的呼喊，
是谁，谁噬咬它受了创伤？
在坚实的肉里那些深深的
血的沟渠，血的沟渠灌溉了
翻白的花，在青铜样的皮上！
是多大的奇迹，从紫色的血泊中
它抖身，它站立，它跃起，
风在鞭挞它痛楚的喘息。

然而，那是一团猛烈的火焰，
是对死亡蕴积的野性的凶残，
在狂暴的原野和荆棘的山谷里，
像一阵怒涛绞着无边的海浪，
它拧起全身的力。

---

① 穆旦（1918—1977），本名查良铮，祖籍浙江省海宁市，出生于天津。现代主义诗人、翻译家。1940 年在西南联大毕业后留校任教。1949 年赴美国留学，1953 年回国后，任南开大学外文系副教授。1958 年调图书馆工作。1977 年 2 月，因心脏病突发去世，享年 59 岁。于 20 世纪 40 年代出版了《探险队》《穆旦诗集（1939~1945）》《旗》三部诗集，将西欧现代主义和中国诗歌传统结合起来，诗风富于象征寓意和心灵思辨，是“九叶诗派”的代表性诗人。主要译作有普希金的作品《青铜骑士》《普希金抒情诗集》，雪莱的《云雀》《雪莱抒情诗选》，拜伦的《唐璜》《拜伦抒情诗选》《拜伦诗选》等。

在暗黑中，随着一声凄厉的号叫，
它是以如星的锐利的眼睛，
射出那可怕的复仇的光芒。

1937 年 11 月

（收入《探险队》）

流亡者的悲哀

穆木天[1]

在海的那边，山的那边，
母亲在望儿子，弟弟在望哥哥；
可是，没有人晓得，在这个大都市中，
我一个人在拖着我的流亡者的悲哀。

“可怜的落侣雁”般地悲凄，
故园的烽火，更显得我的空虚，
看见青年朋友，感到自己老了，
遇到跃动的生命，觉得自己是刑余。

在阴凄的巷中，度着虚伪的生活，
人生的途径，在心中被虐杀着；
憎恨，如烈火潜在黑煤块里，
流亡者的悲哀，也只有流亡者拖起。

到海的那边，到山的那边，

---

① 穆木天（1900—1971），原名穆敬熙，吉林伊通县人。现代诗人、翻译家，中国象征派诗歌的代表人物。1921 年参加创造社，1931 年在上海参加“左联”，负责“左联”诗歌组工作，并参与成立中国诗歌会。著有诗集《旅心》（1927）、《流亡者之歌》（1937）、《新的旅途》（1942）等。

流亡者的悲哀和憧憬交集着；
我也不想母亲，我也记不起弟弟，
故园的屠杀和烽火，在心中交映着。

1936 年 7 月 21 日晚

七年的流亡

穆木天

七年的流亡
使我走遍了
祖国的海岸线！
七年的流亡
使我从这一个边疆
走到那一个边疆！
使我从这一个蛮荒
走到那一个蛮荒！
七年的流亡
使我深受了
祖国的命运的凄凉！
七年的流亡，
在荒凉的祖国里，
现在，
已经燃烧起来了
民族解放斗争的
灿烂的火光！
故乡，
现在，
在你的大野里，
那苍莽的野草，

已经快要枯黄。
在那凝了霜的白露里，
若是在往些年呀，
农夫们已经在
欢喜地瞅望着
那已经成熟了的
谷子、豆子和高粱。
现在呀！现在呀！
已经完全是两样！
现在呀！
那里已经是一片血腥的屠场！
可是，在那里，
七年前，放出了
民族解放的新的光芒！
那里呀，
成了全民族的榜样。
那里的那一点星火，
已经成了烈焰，
烧遍了亚细亚的东方！
七年的流亡，
使我像一个吉卜西人[①]一样，
像一个无钱的犹太人一样，
从祖国的东北角，
流浪到西南角！
从这一个边疆
到了那一个边疆！

① 吉卜西人，即吉卜赛人。

从这一个蛮荒
到了那一个蛮荒!
可是,在这里,
同我的故乡一样,
这里有肥美的农田,
这里有秀丽的山野,
这里像故乡一样苍莽,
这里也像故乡一样荒凉,
这里的人,
也是同故乡的人一样!
在这万里的云南,
我见到了我的第二故乡!
可是,这里
也像我的故乡一样,
一点一点的星火,
也要燃成为巨大的光芒!
故乡,
现在已经冰冷了!
在白露凝霜的早晨,
母亲也许还在倚着门望着儿子,
一边在听着大树上乌鸦的叫喊;
也许夜里听着蟋蟀的声音,
母亲一边心里流着泪,
回忆着往事。
可是,母亲也许早已不在了!
家里的窗户,
也许在几年前,
早就没有窗户纸!

房子土地，听说是，
早就被没收了，
以后，就没有故乡的消息！
该没落的，
也许早就没落了！
六七年来，
故乡背起了全民族的十字架，
故乡传出来民族解放的新的福音。
故乡战斗起来了，
故乡统一起来了，
故乡成了全民族的伟大的教训！
故乡的号角，
已经成了全民族总动员的《马赛曲》；
故乡的烽火
现在已燃遍了中华的大地！

七年的流亡，
使我从流亡者的悲哀，
转成了一个盗火者的欢喜。
如同游吟诗人一样，
我在祖国的腹心里流浪着，
我的心，
好比一个托钵僧，
在苦难中，
感到了无限的欢喜！
祖国的民族解放斗争的火光，
灿烂地在全中国怒放了！
从这一个边疆

流浪到那一个边疆，
从这一个蛮荒
流浪到那一个蛮荒，
我的欢喜，
永远一天一天地在生长！
这里，这万里的云南，
也要同我的家乡一样，
星火也要放出巨大的光芒！
后来的也许在前吧！
这里的火花，也许更要红亮！
在这里，
新的战士不断地生长起来了！

在民族解放的不断的战斗中，
他们更要不断地生长！
故乡！
七年间，
你的火燃烧遍了全国了！
七年间，
你的教训，
造成了全民族的铁的力量！
在这个边疆里，
在这个蛮荒里，
大众也武装起来了！
故乡！我祝福你！
现在，
在祖国的大地上，
到处，

已燃烧起来了
新世纪的
灿烂的火光！

1938年9月2日，昆明

健全地活下去

穆木天

为什么许多人总是想到死？
我总是想着健全地活下去！
我想象着我活到七老八十，
望着祖国的伟大的自然，
赞美着伟大的新中国的生产！

那时候我也许是白发苍苍，
那时候我也许秃得没有一根头发。
那时候我会是怀着一颗祖父的心，
望着新中国的孩子们在读书，在嬉戏。
那时候我也许用着过了时的诗句，
给他们讲着天照应、三江好①的故事。

那时候东北大野里会布满了新的集体农庄，
在冰天雪地中钢铁的锤子要一齐震响。
那时候在宁古塔的湖水里头，
要有比德涅泊尔还要大的水电站。
那时候我们的原野和山林会成为电火的世界，
在都市和乡村中到处可以看得见

---

① 天照应、三江好，是当时东北两位抗日义勇军首领的诨名。

电火中高悬着民族英雄的骄傲的群像。

那时候，
我们有劳作，有安息。
那时候，我们有伟大的文化生产。
我们会有比《荷马史诗》还伟大的诗篇。
那时候我们会有新译的普希金、雨果的全集，
用《人间喜剧》、莎士比亚，装饰着我们的图书馆。
在黎明中和黄昏里，
我们可以听见生产战士的集体的歌曲。

为的争取新中国的那一天，
硬着头皮战斗吧！
我们不能想到死！
我们要健全地活下去！
我们要在伟大的新中国里边，
回忆着数十年的抗战建国的战斗，
赞美着伟大的民族的伟大的创造！

1940年11月4日晚，坪石

北江岸上的歌者

穆木天

为什么他们弹奏得那么悲凄！
是不是为要使没有家乡的人下泪！
为什么他们老是在那里弹唱，
一点儿都不感到倦意！

三年来帝国主义的铁蹄，
使得多少人奔走流离。
黎明和薄暮中，这江上的烟雾呀，
可曾引起他们的无言的乡思！

帝国主义的残酷的火焰，
使多少人从极北流浪到极南；
想不到这北江岸上的小镇市，
也有了这些流浪歌者的足迹！

一曲未完又是一曲，
好像他们要唱破他们的心事；
为的求到一碗饭，
他们的心是永远得不到安息！

一曲未完又是一曲，

他们的声音是越来越悲凄；
是不是他们要唱出家乡的风和月，
和那纵横奔驰的帝国主义的铁蹄！

也许如同有人想起塞外的白雪，
他们想到了洞庭湖上的芳草萋萋！
也许他们已经忘掉自己的家乡，
忍心地都不去想自己的父母兄弟！

在这荒凉的北江岸上，
他们从清晨弹唱到夜半。
是悲哀的泪还是愤恨的火呀！
为什么他们弹唱得那么悲凄！

1940年11月14日，坪石

不死的枪

——献给画篇《不死的枪》的作者新波

聂绀弩[1]

战士躺倒了！
炮火还在喧嚣。
他听不见，
也不知道自己躺在什么地方，
地下是谁的血在漂荡；
只是他的手，
还神威似的紧捏着那支枪！
　靠着有点儿弯起的他的腿，
　那枪居然歪斜地站起，
　战士死了，枪可没有死！
它朝着强盗的方向，
倔强，
和战士没有躺倒的时候一样！

---

① 聂绀弩（1903—1986），湖北京山人。著名诗人、散文家。曾用笔名耳耶、二鸦、箫今度等。聂绀弩的诗作新奇而不失韵味，幽默而满含辛酸，被称作“独具一格的散宜生体”。1986 年于北京病逝。代表作品有：《聂绀弩杂文集》《绀弩散文》、诗集《三草》、《中国古典小说论集》、鲁迅评论集《高山仰止》、回忆录《脚印》、《聂绀弩旧体诗全编》、十卷本《聂绀弩全集》等。

远远地，远远地，强盗在蠢动，
远远地，远远地，大炮在轰，
坦克车的列队向我们冲；
骑步兵呐喊，天地都变了颜色，
烟雾，尘土，织成了宇宙的昏濛！
躺倒的战士更加多了，
我们的枪声越来越稀少！
  可是那些倔强的枪，
  和最初的一支一样，
  一齐站稳，
  对准强盗们来的方向，
  好像在说：“你来！你来！”……
  一面又催背后：“放啊，放啊，快放！”

强盗的望远镜欺骗了自己，
发现了阵地上的奇迹：
敌人冲锋，不起来迎敌，
  不怕，不跑，
  一点儿也不动摇，
枪支却麻林般在战壕边竖起！
这中间会不会有什么诡计？

枪支们看见：
强盗的骑步兵在后退，
开动了的车辆重又开回。
“哈哈，强盗的阵线崩溃，
追呀，追呀，赶紧地追！”

自己偏不会走动又不会飞！

战场上的时间差不多一分一秒，
生龙活虎的援军已经赶到！
不死的枪支又叫我们的战士提起，
重新活跃吼叫，
肚子里装得饱饱，
口里吐出杀强盗的飞刀。
　敌人犹豫的时候我们却冲，
　这一次的战斗完全占了上风。

不死的枪立下了功劳，
他们开始向全中国号召：
“无生的我们表现了自己，
你们怎样，有生无生的同胞！
瞧哦，黄河站起来了！
瞧哦，扬子江站起来了！
你是不是生在中国？
你是不是住在中国？
中国的门里头，
闯进了杀人放火的强盗！”

不死的枪继续着雷一样的声音：
“中国的乌鸦哟，
去啄瞎那强盗飞机师的眼睛！
可是老鼠，你该去偷强盗的军粮！
绊住强盗的马腿和车轮，

中国的长春藤！
　蜘蛛呢，赶快织成防空的网！
如果你是悬崖，
就向强盗的头上落下！
让强盗睁不开两眼，
如果你是飞沙！
　裹腿似的缠住敌人，
　你深山里的毒蛇！
　把强盗埋掉吧，
　长城内外的积雪！”……

最后，不死的枪这样叮咛：
“起来，所有中国的废人：
　聋子，要你去刺探敌情！
　瞎子，赶快学会瞄准！
　哑巴的讲演要使人人都爱听，
　跛子是神行的追击兵！
起来，所有中国的罪人——
不是指那披枷戴锁的囚犯们，
　是说假如就一颗饕餮的心，
辜负过饿着肚子的亲邻，
叫孤儿寡母活不了命；
天大的罪孽全不要紧，
战争的大海会给你洗刷干净，
只要你在它里头浸淫！”……

不死的枪结束了狮子似的吼叫，

回答是全中国惊天动地的喧响，
那喧响表示着同一的意思：
“拥护，不死的枪！
万岁，不死的枪！”

1938年9月，云岭

大地的脉搏

牛　汉①

从河那岸
我们的骑兵队
　哗响地奔来了

汾河草原上
　吹着好响的大风哟
　落着好浓的大雪哟
阴寒的驼背的雾
卷动着贪婪的舌头
啃着大地上剩余的温暖
那些和平的村落里
　寒冷暴动着……
白杨林向天
　摇晃着反抗的拳头
张着哭诉的大嘴的街口
　呼喊着，诅骂着……

---

① 牛汉（1923—2013），蒙古族，本名史承汉，后改名牛汉，曾用笔名谷风，山西省定襄县人。现代著名诗人、文学家和作家，“七月派”代表诗人之一。1940年开始发表文学作品。曾任《新文学史料》主编、《中国》执行副主编，中国作家协会全国名誉委员，中国诗歌学会副会长。他创作的《悼念一棵枫树》《华南虎》《半棵树》等诗广为传诵，曾出版《牛汉诗文集》等。

破烂的没有高大的围墙
　卫护的北方的村落
　寒风大步地踏进去了
　贪婪的雾随便闯进去了
　冬天，横行着
　雪落着……
　平原
　不声不响的人民的广场

骑兵们
牵着棕红的大马
从汾河的冰桥上
叮当地踩踏过去
他们用枪杆敲开冰
披雪的马群
喝着十二月的河水
而骑兵们
却裹着灌满风的皮大衣
风帽的带子
仿佛美丽的马鬃
　飘哟卷哟
他们喝着
　满天满地的大风雪

在河边
可怜的和平的村落哆嗦着
人民在土炕上打抖
牲口在风雨棚里

　吃着结冰的干草
拉谷的大车
仿佛苍白的骆驼的大骷髅
啊，善良的女人们
　踏着雪提着水桶
　走向河边……
　到马群那里去打水去了

寒冷啊，北方的人民
告诉你们
中国的骑兵队
打马过河来了
给你们驮来
　温暖的希望
　燃烧着的生活

看啊，骑兵队哗响地走进村落
雾躲闪地缩在枯林中
风流落在平原上
寒冷溃退了……

看啊，人民跳下冷炕出来了
笑得像雪地里的野鸭
他们知道
骑兵们送来比谷粒更亲切的希望
人民
欢迎这哗响的骑兵队

炭火
只能烤热冷冻的身子
而棕红的马队哟
一片火把的森林
烤热的是人民的冰冷的心
　冰冷的生活哟
骑兵队出击了
扫荡着人民的广场上的寒冷
扫荡着冬天

啊，大地的滚烫的脉搏啊
啊，大地的胸膛的呼吸啊
马蹄在哗响
短铳枪在哗响
风帽的带子飘哟响哟
那旗，涨红的大脸
　向落雪的平原
　呼唤着战斗

马蹄的林子
短铳枪的林子
旗哟，风帽带哟
密密的跳荡的音符
啊，骑兵队哗响着
战斗的中国
　在响啊

噢，骑兵队

好响的歌
好响的平原的广阔的呼吸啊

骑兵队
冒着雪，踏着雪
迎着大风出击去了
平原上
留下一条泥泞的黑色的路
鼓起的大地的青筋哟

骑兵队
出击了
哗响着
哗笑着
哗哗地歌着……

1943年10月10日夜

炼　　狱

彭桂萼①

战火熊熊在烧着！
它使塞北的麦田，
撤去了青纱帐；
江南的湖水，
不再漾绿波！
它从卢沟桥引发了火药，
乘着欧西侵略的风势，
溯长江，
上黄河，
快延烧进昆明湖，
延烧到科布多。
它使中华的原野
遭受了空前的惨祸，
几年来，
多少人失去了安乐窝！

---

① 彭桂萼（1908—1952），字小圃，笔名震声、丁屹、长戈、号兵、彭鹏等。云南省临沧市临翔区马台乡大忙顶村人。抗日战争时期，写了许多唤醒后方民众起来反抗日本侵略者的作品，领导学生开展各种抗日宣传活动。被中华文艺界抗敌协会昆明分会选为理事，也被广州中国诗坛社吸收为会员。

战火仍然在烧着！
哦哦，
它不是罪恶的火药，
它是洗涤罪恶的净火！
几年来，
它烧毁了我
十里洋场，
却也烧去了
妖魔加在我们身上的
重重的枷锁！
腐朽的林木在毁灭着，
无边的野草在新生着。
古老的祖国，
精华很多，
废垢残渣也充满
每一个角落。
正该投进滔天的烈火口，
才会炼成金刚，
开出自由平等的
灿烂的花朵！

战火越烧越闪灼！
去哟去哟！
唱着革命的高歌，
大踏步，
从火焰山头跨过！
这边是崎岖的坎坷，
那边是自由的王国；

这边是黑暗的地狱，
那边是绚烂的天河；
这边是奴隶的深窖，
那边是主人的宝座！
去哟去哟！
咬紧牙关，
握紧钢枪，
去通过熊熊的净火！
听！净火在高唱着战歌！

1942 年写于云南边疆
（选自诗集《怒山的风啸》）

冬　日

彭燕郊①

萧瑟的
风雪的冬日啊
使大地沉默
使雷雨停歇
使草木复归到泥土去了……
——然而，末月的花朵
带着蜡色的容颜
终于地
在行将呜咽的池边
绽放了
一年间最末的花瓣

从山上
传播过来的
伐木的丁丁的斧声
悠扬而清脆地
使行人驻足

① 彭燕郊（1920—2008），原名陈德矩，福建莆田人。“七月派”代表诗人。1938年后历任新四军第二支队宣传队员，中华全国文艺界抗敌协会桂林分会常务理事、创作部副部长。1939年开始发表作品。著有诗集《彭燕郊诗选》《高原行脚》，评论集《和亮亮谈诗》等。

观望那
伸长在雪野里的壕堑
用黄色的泥土和新伐的木
夸耀着
反抗侵略的
战线的坚强

木叶渐渐地稀少了
日渐瘦小下去的山岳啊
只有松针尚青
让野鸟旋飞而苦叫
山庙
被霜雪所看守了
虽是那么荒凉
但衣衫单薄的我们
借它的掩护
也曾那么胜利地
在冷风和冰冻的旦夕
度过了寒冷的冬天

昔日荣盛的乡野
今天却那么岑寂了
人踪将绝
河流也不再喧哗它的怨诉
而为冰块所凝结
让野鸭悠徐地缓步
江船停驶了
荒芜了的田园

牛羊和它的主人
哪里去了呢……
那焚烧过的房舍的
孤立的墙垣
那乌黑的干焦的躯体
向铅色的天宇
伸出无可奈何的臂膀
孑立于雪野之中
老树
用枯槁的枝丫
向群队点首
用嘶哑的声音
低语着
这村落、住民的命运

昏黄的纵横着的
公路
把它的苍白的臂膀
兴奋地探入城市
让被破坏了的桥边、堤下
滚下来“皇军”的战马、辎重
让战士们在风中大笑
在雪里射击……
点缀在中国的土地上的
你可耻的疮疤——“皇军”的碉堡呀
用恐怖的洞眼
在不满十里的中途
互相凝视

被天际的风雪所包围
从紧闭的门缝、屋顶
漏出了
痉挛的烟雾
里面——
凹眼愁眉的“皇军”们
在把潮湿的柴薪
投入火堆
湿烟熏出了他们的泪水
永远也不会
也不愿想到
此刻
有人敢突入重重的防线
敢越过层层的铁丝网
去向他们袭击

低压而紧蹙了的天宇
覆盖着
这快为沉闷所窒息的
饱含泪水的大地
只有我们
还继续着
含愤的歌声……

（原载《七月》1939年10月第4卷第3期）

摇篮歌

蒲　风[1]

孩子，你快长快长大吧！
　空气是无量，
　土地是广阔，
你的保姆是无数，
　褴褛群里，
　摇篮歌为你歌唱；
孩子，歌声是雄壮！

孩子，你快长快长大吧！
　妈妈是铁，
　爸爸是钢；
两肩担起一切艰巨，
　污秽里迈步，
　危难中挺身；
前方，新的明珠在辉煌！

---

① 蒲风（1911—1942），原名黄日华，常用笔名蒲风，广东梅州人。现代诗人。1930年加入中国共产党。1940年秋参加新四军，曾任皖南文联（当时称“总文抗”）副主任等职。他一手拿笔，一手拿枪，随军转战，坚持抗日。1942年8月13日因病于安徽天长去世。新中国成立后，被追认为革命烈士。著有《现代中国诗坛》《抗战诗歌讲话》《茫茫夜》《生活》《抗战三部曲》等论著及诗集。

没有足够的奶，
没有充分的教养；
饥饿，寒冻，疾病中，
孩子，你该当生长！
　我们是保姆，
远开吧，远开吧，
　你恶魔的手掌！

不要贵妇人的抚慰，
不要大肚皮的相帮；
嘲笑，欺凌，压迫中，
孩子，你更该当生长！
　我们是保姆，
粉碎吧，粉碎吧，
　你妖怪们的伎俩！

跳入火坑，
投入巨浪；
孩子，共着你生存，
　共着你死亡！
　火坑中有金光照眼，
　巨浪里有战鼓擂唱；
孩子，你要快大快长！

吃尽风霜，
历尽战场；
孩子，共着你生存，
　共着你死亡！

风霜里孕育着新春，
战场上我们的旗帜飘扬；
孩子，你要快大快长！

1936年3月

钢铁的海岸线

蒲　风

侵略、压迫、蹂躏……
痛苦、愤恨是一条铁链子。
紧结着，紧结着，
紧扣住我们的赤心，
让我们来
长长地连成一条海岸线吧！
由河北到广东，
经过山东，江苏，浙江，福建，
　在渤海
　在黄海
　在东海
　在南海
我们的海岸线哟，
必须是坚固得赛过钢和铁！

大沽口，龙口，烟台，威海卫，荣成湾，
崂山，青岛，临洪口，炮台湾，
钱塘江，象山港，三门，台州，温州湾，
三都澳，泉州港，厦门，汕头，虎门，
北海港，榆林港，大鹏湾，广州港
……

是每一个钢铁的小链环。
我们要在这些钢铁的链环上
修筑起坚强的炮垒，
我们的击敌的大炮呀，
要密排着像一座刀山！

哦，
哦哦！热血的中华男女健儿！
来吧，我们不能没有坚强的勇气，
我们站立着，
我们被铁链贯通着，
我们都来吧，
我们来永远看守海岸！

（选自《钢铁的歌唱》，诗歌出版社
1936年10月版）

我的思念在大海东

蒲　风

我的思念在大海东，
大海茫茫，
水天交界处太阳火般红。
我日日夜夜牵挂她，
忧愁，伤悲，苦难……
——我都咽下在心中。
非她不爱我，
实因压迫重重又重重。
礼教的束缚，
殖民地的奴隶教养……
片刻打不起浪涛的汹汹，
也许她将永在大海东，
犹如太阳，
她朝朝照耀得我心通红。
我戴着太阳走我的路，
不怕艰难和险阻，
她心在我心，我心长英勇！
我是真理之子，
真理长在我心中。
哪怕瘴氛横阻大海东；
我要用大炮轰去一切氛和雾，

我要用热情、教养去扫荡那蛮风!
但是，云涛滚滚，
踏着铁的飞轮，
她也许会横过太空：
我是地球，
太阳永远亲近着真理的孩子，
快快呀，快快呀，朝西蠕动。

（选自1937年2月上海诗歌出版社
《摇篮歌》初版本）

废墟之外

覃子豪①

在迷蒙的春雨里
我步着祖国的废墟
白骨掩没在河边的春草里
无数黑色的乌鸦从那儿飞过
兄弟们死了
春草生了
乌鸦肥了
在这儿
春天没有炮声
没有妇人和婴孩的啼泣
没有反抗的呼号
啊！啊！血啊
凝结在被轰碎的石上
废墟上开着红色的花

---

① 覃子豪（1912—1963），又名覃基，四川广汉人。现代诗人、诗歌评论家。1932 年到北平就读于中法大学。1935 年东渡日本入东京中央大学，两年后回国，曾在浙江永嘉县县政府、国民政府军委政治部任职，在浙江、福建编辑或主编过报纸副刊。1947 年到台湾，曾主编《自立晚报》的《新诗周刊》。1954 年参加创办蓝星诗社，任社长，主编《蓝星诗周刊》《蓝星诗季刊》等。他还担任台湾中华文艺函授学校诗歌班班主任，培养了不少青年诗人。他与纪弦就新诗创作问题展开论战，批判台湾新诗西化的主张，主张中国新诗应坚持民族主义精神。

田垄上有几个农民坐着
他们发出饥饿的叫声
啊！去吧！饥饿的农民
这儿是焦土和废墟
可是废墟外已绵延着自由的烽火

（选自《抗战文艺》第1卷7期，
1938年6月5日出版）

弓

塞　风[①]

面对东北角
早已义愤填膺

我拉圆
大地的弓

1937 年 7 月

---

① 塞风（1921—2004），本名李根红，著名诗人。河南省灵宝县人。1940 年奔赴延安，曾工作于陕北公学艺术工作队。1942 年于豫西师范专科学校毕业后，相继在洛阳《行都日报》、开封《中国时报》和武汉《大刚报》编辑文学副刊，并曾辗转于成都、重庆、南京、上海等地，从事新闻工作。1949 年任山东省文联筹委会委员，参与创办《山东文艺》月刊。1958 年被错划为“右派”。1979 年平反，同年 9 月调入济南市文联，任《泉城》文艺月刊副主编、市文联文学创作研究室副主任。1983 年离休，任济南市作家协会顾问、名誉主席。

漂亮的伏击

商展思①

老乡，报告你一个好消息：
我们的子弟兵，
昨日夜里，
在定县南宣村边，
打了个漂亮的伏击！

这一仗，
你知道打得多解气：
鬼子的军用列车
中了咱们的地雷，
火车头蹦起来了！
躺在路边长出气；
押车的鬼子，
被我们打得叽哇喊叫的，
一个个舒胳膊伸腿；
剩下了三几个，

① 商展思（1918—2014），原名曾令铎、商峰，河南固始人。现代诗人。1938年毕业于延安陕北公学。历任八路军一二〇师政治部干事、冀中军区《前线报》主编。1941年参加晋察冀边区文协。著有诗歌《抬炮》《雨夜急袭》《无人区宿营》《榆树皮》《平原恋歌》《野哨》《私语》《青石山》《战地恋歌》等。

跌得昏头转向，
滚回到王八窝里。

敞车上，车厢里
这样多的新式武器：
大炮高高地扬着脖子，
歪把子、三八大盖，
都是蓝灿灿的，
包装得整整齐齐！
鬼子可真懂得中国人情哪，
在年根底下，
规规矩矩，
送来了这样一份珍贵的“年礼”。

我们可有些“对不起”：
收下了整份的“年礼”，
也没说声“谢谢”，
就拼命地背哟！扛哟！
推推拉拉哟！
不管他三七二十一；
那些弄不走的笨家伙，
就把手榴弹塞到炮膛里，
一股烟，一股火，
空空！狂狂！
炸了个热闹的！

那样多的大米！
那样的罐头、咸鱼！

好几个村的老乡都来了，
活像赶大庙会的！
实在搬不完哪，
最后一把火，
烧了他个蛋打鸡飞！

缴获的胜利品，
大家想看看吗？
苏户村南边的打麦场上，
有个很大的展览会，
会场可热闹呢！
有小学生的秧歌舞，
还有分区剧社的话剧，
欢迎老乡们快去！

1940年12月于河北口头镇

告 诗 人

邵子南①

诗人啊，
让你的诗
站上那跟它一样坚强的岩石上吧。
那是很好的岗位——
保卫边区！

于陕北途上

① 邵子南（1916—1955），原名董尊鑫，字聚昌，四川资阳人。现代作家、诗人。历任西北战地服务团干事、文艺队长等职。创作了诗歌《告诗人》《英雄谣》，小说《李勇大摆地雷阵》《阎荣堂九死一生》等作品，参与写作了现代戏剧史上的名著《白毛女》。

花

邵子南

人民有了晋察冀，
心眼里开了花！
花——
又鲜明又大！

花——
长生不老，
要开出新中华！

（选自《晋察冀诗抄》，中国青年出版社 1959 年版）

英 雄 谣

邵子南

我的头，我的肩，
我的手脚，
我的心，
永远向前！

前面，
有大道，
前面，
没有边。

聂司令
在那边——
军号，
响过田园；
旗帜，
高举上天！

我的头，我的肩，
我的手脚，
我的心，
茅屋下，不能眠！

不是我不安贫穷，
不是我眼皮儿浅，
我要改造世界——
海阔天空，幸福的人间！

（选自《晋察冀诗抄》，中国青年出版社1959年版）

火

石　灵[1]

我前进，傍着苏州河，
心里燃烧着愤怒的火。
抬头望河岸那边，
那边也翻腾着烈焰；
两边连接起来，熊熊地，
我的眼也变成红红的。
火！火！火！

远处，近处，
不断地传来噼啪的响声。
四敏土在爆炸，
钢骨在倾斜，
像千百万的猛兽，
负了伤还在挣扎，
背上驮着，
火！火！火！

---

① 石灵（1909—1956），原名孙石灵，江苏灌云人。现代作家、诗人。在上海暨南大学读书时参加“左联”，从事创作活动，宣传革命思想。后赴苏北解放区，任《抗联报》总编。著有中篇小说《捕蝗者》，话剧剧本《当他们觉醒的时候》《枉费心机》《卖牛》《一杯牛奶》《无缝的篱笆》，儿童剧剧本《捉拿魔鬼》，通讯《不屈的斗争》，散文集《松涛集》等。

它们张着血样的口，
血样的眼睛，
喷出了黑色的烟，
乳色的雾，
红色的云，
冲向天空，
挟着毁灭一切的威势。
火！火！火！

它们咆哮着，伸出贪婪的长舌，
向四边探展，
寻找它们的仇敌，
到处都不见；
吐出愤怒的气息，
把数十里长空盖起，
星月都屏住气，在战栗，
隐身到云雾后面，
像夏夜的孩子，
听了神怪的故事，
都藏到母亲的怀里，
避开那血色的魔掌，
火！火！火！

在火的一角，
立着一座巍峨的大厦，
火在向它进攻，
它兀然地不动，

那里聚着八百个决心殉国的英雄。
到处潜伏着敌人，
到处弥漫着烟雾，
他们的同志已经奉命退却，
但他们毫不畏惧。
他们发誓要用最后一滴血，
保卫国土。
他们持着枪，
向既走的方向射击。
从火的海里，
英勇地竖起一面鲜明的中国旗，
万千双眼睛流下感动的泪，
万千副喉咙向她欢呼，
万千颗头颅向她行着敬礼：
这里依旧是我们的。
她光荣地飘展，
映着那浩荡的，
火！火！火！

焚烧，爆炸，毁灭，
那是我们劳动者的血泪，
那是我们工程师的脑汁，
那是闸北市民的家，
那是大上海的精华，
那是中华民族的文化，
在焚烧，在毁灭，在爆炸。
听着，大上海的市民，
听着，中华民族的男女，

告诉你的儿子，
告诉你的子孙，
告诉你儿子的子孙，
叫他们生生世世，
永远不要忘记，
敌人赐给我们的恩惠——
火！火！火！

（选自《松涛集》，世界书局1939年7月版）

乡村的夏

舒　群①

青山上折了树林，
青山下倒了草屋——
乡村出了什么变动？
我闷想着，横卧旅途。

槐树下老妇斜依，
赤着足，破了衣，
她在吃着绿的树皮，
我问老妇，老妇没语。

远的都是荒田，
近的都是废土——
乡村出了什么变动？
我闷想着，横卧旅途。

孩子们拾着树枝，

---

① 舒群（1913—1989），满族，黑龙江阿城人，中共党员。1932年参加第三国际工作，1935年参加上海“左联”，后历任延安鲁艺文学系主任、东北大学副校长。东北电影制片厂厂长，东北文联副主席，中国文联副秘书长，中国作家协会秘书长，《中国》杂志主编，全国第五、六、七届政协委员。1935年开始发表作品。主要作品有：《没有祖国的孩子》《老兵》《秘密的故事》《这一代人》《舒群文集》《舒群小说选》等。

快　乐

舒　群

我别了塞北的朋友，
我别了塞北的松水，
别了死城，别了病国，
永远别了悲哀的黑夜。

在野外，马的队伍里，
我骑上了一匹白马，
马的铁蹄，踏碎了，
我过去所有的悲哀，
悲哀啊，不会再次重来！

没有悲哀，只有快乐，
快乐地握着长枪，
枪弹不住从枪口奔放，
放啊，枪弹，放啊！
射进那病国的胸膛。

今天啊，只有快乐，
我已逃出了病国，
今天的以后，今生的以后，
我快乐着把那病国毁灭！

（选自《黑人》，1934 年）

大家的力量

舒　群

我们的马儿跑得快，
马上的人儿也健强，
一伙背着是枪，
一伙握着是棒。

穿过河林，跳过岗，
占领着个个村庄，
大家平分了土地，
要再平分了食粮。

我们没有皇帝，
也没有霸王；
只有大家的枪棒，
和大家的力量。

我们大家有头颅，
我们的血染红了路，
一队的，一队的，
那是我们的队伍。

（选自《黑人》，1934 年）

红　印

舒　群

爱呀，我们又将别了，
明朝破晓的时光，
我重登杀场的旅程，
你又将独自呜咽？

你会说杀场上——
没有鲜的花，美的果，
虽是为了生命的斗争，
生活却是苦燥得万分。

你手里握着一支烟卷，
深深吻上了你唇上的红印，
你又说这支烟啊！
便是你的心伴着我的生命。

爱呀，不要为我酌酒祝庆，
更不要一步一步地送行；
但愿你待，待听他晨啼声，
胜利与凯旋之钟齐鸣。

你更说直待他夜天明，

静听那凯旋之钟，
再酌酒，再酌酒祝庆，
庆祝人类解放成功！

（选自《黑人》，1934年）

快　乐

舒　群

我别了塞北的朋友，
我别了塞北的松水，
别了死城，别了病国，
永远别了悲哀的黑夜。

在野外，马的队伍里，
我骑上了一匹白马，
马的铁蹄，踏碎了，
我过去所有的悲哀，
悲哀啊，不会再次重来！

没有悲哀，只有快乐，
快乐地握着长枪，
枪弹不住从枪口奔放，
放啊，枪弹，放啊！
射进那病国的胸膛。

今天啊，只有快乐，
我已逃出了病国，
今天的以后，今生的以后，
我快乐着把那病国毁灭！

（选自《黑人》，1934 年）

夜　战

舒　群

我们的马儿飞奔得快，
月光又把我们的马影，
送上远远的悬崖。

树的影下，树的身旁，
我们的战队一排一排，
开火了，夜战已经到来。

打倒世界的帝国主义，
打倒资本国家的旗，
无产者的革命开始。

我们手里握着子弹，
长枪吐着红的火光，
长枪上的刺刀明亮亮。

（选自《黑人》，1934 年）

我们不能逃走

苏金伞[①]

我们不能逃走，
不能离开我们的乡村：
门前的槐树有祖父的指纹，
——那是他亲手栽种的；
池边的洗衣石上有母亲的棒槌印，
水里也还有母亲的泪，
——受了公婆或妯娌们的气，
无处摆理，泪偷滴在水里；
还有，地里红薯快熟了，
根下挣起一堆土，
凸吞吞的像新媳妇的奶头；
场上堆着没有打的黄豆，
热腾腾的腥香向四面流。
这一切我们都不能舍弃，
怎肯忍心逃走？
我们不能逃走，
不能离开我们的家：
碓臼已舂了几辈子米，

---

① 苏金伞（1906—1997），原名苏鹤田，河南睢县人。现代诗人。1932年开始发表作品。著有诗集《地层下》《窗外》《鸫鸪鸟》《苏金伞诗选》《苏金伞诗文集》等。

犁雁和锄桨都被我们的
手掌磨出深深的汗窝，
棉油灯夜夜看姑嫂们纺花，
纺花声把我们的梦
缠得又密又重，
像蛛丝裹住一个槐花虫，
就是驴踢槽也惊不醒；
蟋蟀在墙根劝说织布人：
别栽嘴，再织一会就到三更！
这一切我们都不能抛丢，
怎肯忍心逃走？
还有土地——那位老乳母，
她抚育过我们几十代的祖先，
又哺养我们和儿孙；
一年四季不拾闲，
忙着张罗棉麻和粱米，
到冬天，雪盖了原野，
她还预先埋藏下麦根。
我们对她也真熟悉：
知道哪一块地有多少土坷垃，
哪一块地离家几步远，
就是黑夜没有光亮，
也能用脚试出哪一块是自己的田。
我们命定了和庄稼一样在土地里生长，
挪到别处就要枯黄。
我们不能逃走，
不能离开我们的故乡。
年来日子过得不算好，

但那都是鬼子苦害了我们的：
他不等你爬起来，就赶紧给一腿。
如今他抢到一个地方到处放火，
黑烟和火光哩哩啦啦几十里，
连老鸦窠也烧得不剩一个；
年轻人抓去挖战沟，背子弹，
老婆子和小妮子也被奸淫，
一不对眼就活埋或剥皮。
为了报复这些污辱与仇恨，
我们也不能逃走，
要拿起家伙跟鬼子拼一拼！
一个人是一个铁圈，
扣在一块就是坚强的铁缆，
把那载我们的大船锁靠牢稳，
永远不叫那毁灭人类的海盗击碎。
等把鬼子赶跑了，
再细细品尝那蓝天下的
倚着锄头时的一管烟的滋味吧。

（选自《七月》第1集第2期，
1937年11月出版）

白洋淀之曲

孙　犁[1]

第一部

拿起铁尖的木棍，
菱姑两脚，
像飞一样，
跳上了冰床。

冰床只铺上一片苇席。
一个柳条编制的小篮，
放着一包点心，
一件棉衣。

菱姑站立在冰床的后端，
只用木棍在冰上一点，
冰床就开始奔跑，

---

① 孙犁（1913—2002），原名孙树勋，河北衡水人。现当代小说家、散文家，“荷花淀派”创始人。十二岁开始接受新文学，受鲁迅和文学研究会影响很大。“孙犁”是他参加抗日战争后于1938年开始使用的笔名。著有长篇小说《风云初记》，小说、散文集《白洋淀纪事》，中篇小说《铁木前传》《村歌》，文学评论集《文学短论》等。

像箭离开了弦。

昨天飘了雪，
早晨还阴着天，
柳树上挂着冰柱，
淀的周围笼着一层烟。

白洋淀已经成了一片冰，
这里是一个真的水晶宫；
远处有一片荻苇，
挑着芦花在寒风里抖动。

冰床在冰上滑行，
菱姑两手忙着撑动，
离端村不过十里，
这是熟悉的路程。

菱姑的年岁，
还正在青春，
头发和那顶黑绒帽子，
一般黑润。

菱姑低着头，
望着脚下的冰，
半月前她曾在这里行走，
她认识每条冰的裂缝。

那天是水生撑着冰床，

而她坐在床的中央，
身上没有战栗，
面对着阳光。

那一次，
水生送她一顶黑绒帽；
她记起水生亲手给她戴好，
她是笑了一个怎样动情的笑！

想起这些，
只使她更加焦急，
她恨不能像水鸟一样，
一刻就飞到水生那里。

那天半夜，
传来一个消息：
在端村作战，
水生伤了身体！

想念像一团乱丝，
在她心里搅，
她不知道伤是重呢，
还是伤了一些手脚？

前面传来一阵歌声，
是打冰捉鱼人正在歌唱；
几十个人拿着铁锥，
几十个人抱着夹网。

人们排成了两行，
一行人打开一亩大小的冰块，
一行人用夹网，
在冰缝里夹出水草来。

鱼儿在水草里蠕动，
孩子们把它捡进筐笼，
有鲫鱼、鲤鱼、小的虾米，
在冬季它们都藏在水底藻草里。

打冰的
都穿着用牛皮制的鞋，
在人们中间，
还有一个指挥者。

指挥人嘴里唱一支歌，
人们随着歌声动作；
铁锥和夹网的响声都有节拍，
人们在寒冷里会觉到快活。

今年的歌声，
只有凄凉；
指挥的老者，
也只有垂头丧气。

菱姑从打冰场经过，
歌声使她的心儿沉落；

人们今年都遭到灾难，
今天她也跌到了不幸里面。

“你不要怕寒啊，
不要怕冷啊，
一年的吃喝，
就在这一冬啊！”

歌子的开始，
简直像葬曲；
菱姑走过不远，
听见这样地接下去：

“今年啊，
可不同往年啊，
没有了房子，
也没有了吃穿！

“日本人来，
烧了房，
烧了船只，
烧了苇塘！

“夏天鱼多不能捕啊，
荷花菱角不能收啊！”
嚓！嚓！嚓！
嚓！嚓！嚓！

人们在这里，
靠着水生活，
千百年来，
谁不说这一带是水乡南国！

在这河北省的平原，
有这样一个大水淀，
环绕着水淀有一条宽堤，
春夏两季有个西湖的颜面。

荷花淀的荷花，
看不到边，
驾一只小船驶到中间，
便像入了桃源。

淀的四周，
长起芦苇，
菱角的红叶，
映着朝阳的光辉。

人们用各种方法捕鱼——
用竹条编成小闷笼，
用苇秆插成陷阵，
或是放着鱼鹰。

菱姑生在淀北边一个小村，
从五六岁起
便蹲在水边，

小心地在水草里捡鱼。

她还会编织苇席，
编织得那样细密；
她会自己撑船，
帮着母亲用罾网捕鱼去。

十六岁，她认识了水生，
水生没有村庄，
从祖父起
他们便在水里游荡。

菱姑有一对明亮的眼睛，
而和水生结了婚，
那明亮的眼睛
就赛过黑夜的星星。

水生从父亲手里，
接过一只船，
他常载鱼到天津，
用脚力换来两人的吃穿。

菱姑和他在水上生活，
在夜晚，
梦里听着淀水拍着船板，
看着白条从水里往上翻。

水生有时温柔，

但有时更粗暴；
有一年为了有人来抽鱼税，
他曾领导着伙伴打闹！

那时菱姑曾经劝说，
但水生回答：
“你要容忍，
那你就别生活！”

村游击小组成立，
水生射击在苇塘，
在堤后，
在灵巧的小艇上。

菱姑担心，
他回答，
笑着可也庄重——
“等敌人把你抢走吧！”

第 二 部

从端村北街，
吹起一声铜笛；
缩头在一株老杨树上的乌鸦，
呀呀叫了两声飞起。

端村，
人称小天津，

这个叫水三面围绕的村子，
船桅曾经排列如林。

靠河边有许多小店铺，
妇女们谈笑着洗衣服，
小贩在船头做起生意，
渔夫们称量着银色的鱼。

今天再看不见船桅，
船桅已经烧成炭灰；
房子都烧去房顶，
墙上留着炮击的洞。

铜笛从街东走来，
后面有人打着小皮鼓，
再没有别的音乐，
除去一个女人的啼哭！

八个穿黑色衣服的，
抬着一个白木棺，
在棺前，
挑起一个白纸剪成的幡。

铜笛断续，
像哀叫的羊；
打皮鼓的垂着头，
任小鼓发出暴烈的声响。

一束干草，
放在棺的上面；
送葬人走在棺的前头，
一个人散放着纸钱。

跟在后面，
菱姑紧紧抓住木棺，
把头在棺盖上碰撞，
用湿透的白巾盖住脸。

她简直是被棺拖走，
两条腿再没有了力气，
眼泪从她眼里流干，
她叫着水生哭泣！

太阳还没有升出，
大地蒙住一层雾，
在一个苇塘的边沿，
掘好水生的坟墓。

当棺木送进坟坑，
铜笛开始了尖声的吹鸣；
人们先围绕着墓穴用手撒土，
然后用铁锹堆起坟墓。

八个抬棺人，
这时站在坟前；
他们都穿着黑色短衣，

铁青着脸。

八个人，
都是二十上下的青年；
八个人，
都生长在白洋淀。

一个年岁最大的走出，
开始向坟墓告诉；
声音像冰块炸裂，
他要唤醒那死亡者。

“你是
我们弄船的弟兄，
你是
我们游击小组的英雄。

“我们就九人，
守住端村，
你说：
不能再让敌人走出走进！

“你受了伤，
还不下房，
更爬上前，
掷放九个手榴弹。

“从小你就是最有志气，

最有见识；
我们都不如你，
可是你先死去！

“你丢下了我们，
放下了你的枪，
你扔了菱姑，
你留下多少敌人的该射击的胸膛！

“今天啊，
我们分离；
我们要说些什么呢？
你要吩咐我们些什么呢？

“我们八个人，
现在站在你面前起誓：
为要给你报仇，
我们情愿一齐去战死！”

第三部

菱姑被抬回了家中，
她伏在炕上，
在黑夜，
好像做了个梦。

天明，
跪到八个人那里，

她说：
从今天要练习射击！

从一个弟兄手里，
拿过水生的驳壳枪；
枪上的丝穗，
还是她亲手系上！

过去她拿起水生的枪，
曾经手颤；
现在握住枪，
就像按住了水生跳动的心房！

一股热血冲上她的脸，
热情烧蓝她的瞳孔；
水生的力量变成了她的力量，
扳动枪机就握住了活的水生！

伴着水生，
菱姑走上战场；
在战场，
就像两人生活在船上。

握住水生，
菱姑忘记什么是死和生；
枪一响，
就是水生活的生命！

热恋活的水生，
菱姑贪馋着战斗，
枪声一响，
她的眼睛就又恢复了光亮。

一声枪，
水生给她命令：
“菱姑，
要像我一样英勇！”

连发枪，
水生向她密语：
“菱姑，
眼泪是谁给你的？”

夜晚，
菱姑抱着枪睡觉；
白天，
把枪插在丰满的腰。

子弹，
一颗颗向敌人射击；
敌人，
在冰冻的地上倒下去！

菱姑，
听到了水生的欢笑；
这欢笑，

像结婚前后两人的打闹。

水生生在水上，
战斗在苇塘；
菱姑同样，
生长、战斗在船上！

结婚的甜蜜，
产生在白洋淀；
而水生的尸首啊，
埋葬在淀的边沿！

在白洋淀，
敌人射击死了水生；
而菱姑在这里，
射击敌人的性命！

水生一生，
没离开白洋淀；
纪念水生
菱姑将永远在这里作战！

只有在这里，
菱姑才想起水生，
看见水生，
看见水生的笑容。

菱姑看见：

残荷梗，
飞飘的荻花，
冻在冰里的红菱；

菱姑看见：
堤上被锯伐的杨柳，
烧毁的门窗，
扯碎的渔网；

残废的桅，
破碎的船板，
连鱼儿也消瘦了，
连水草也要求抗战！

白洋淀上，
冻结着坚厚的白冰，
白冰上冻结着鲜红的血，
牺牲者——水生的英灵！

热恋活的水生，
菱姑贪馋着战斗，
枪一响，
她的眼睛就又恢复了光亮！

1939年12月20日，阜平东湾

假使我们不去打仗

田　间①

假使我们不去打仗
敌人用刺刀
杀死了我们，
还要用手指着我们骨头说：
“看，
这是奴隶！”

1938 年

① 田间（1916—1985），原名童天鉴，安徽无为人。现当代诗人。1934 年参加“左联”。1938 年参加八路军西北战地服务团，任战地记者。不久赴延安，与柯仲平等发起街头诗运动，创作很多宣传爱国抗战的短诗。诗歌形式多样，在新诗的民族化、大众化方面积极探索，以平实的描述和激昂的呼唤形成了明快质朴的风格。其诗作《假使我们不去打仗》传遍全国，被闻一多称为“擂鼓诗人”“时代的鼓手”。

怒吼吧，中国！

田　间

我再也不能来了，

时候到了，

你们最后的日子就会来啊！

中国啊，

怒吼吧！

你开枪吗？

倒了一个，

便有整千整百的起来！

中国，

十年了，

一百年了；

我们噙着眼泪，

把血沫揩在你们的子弹上，

我们容忍着。

过着“五卅”，

过着“九一八”，

过着“一·二八”，

……

过着我们每一天被压榨的日子！

庞大的军舰，

在黄浦江上划行着，

机关枪，

手榴弹，

镇压我们的怒潮，

绞杀我们的生命，

我们是罪犯吗？

中国，

被迫害

十年了，

一百年了，

我们也容忍着十年了，

一百年了。

时候到了，

我们再也不能忍了！

我们的热血膨胀着，

我们相信自己。

我们的信念，

会从你们的子弹里，

爆出灼炽的火花来！

中国哟，

怒吼吧！

1935年10月，上海

给战斗者

田 间

在没有灯光
没有热气的晚上,
我们的敌人
来了,
从我们的
手里,
从我们的
怀抱里,
把无罪的伙伴,
关进强暴的栅栏。
他们身上
裸露着
伤疤,
他们永远
呼吸着
仇恨,
他们颤抖,
在大连,在“满洲”的
野营里,
让喝了酒的
吃了肉的

残忍的总管
用它的刀
嬉戏着——
荒芜的
生命，
饥饿的
血……

一

亲爱的
——人民！
人民
在卢沟桥
……
在丰台
在这悲剧的种族生活着的南方与北方的地带里，
被日本帝国主义者的枪杀
斥醒了……

二

是开始了伟大战斗的
七月啊！

七月，
我们
起来了。

我们
起来了，
抚摩悲愤的
眼睛呀；

我们
起来了，
揉擦红色的脚跟，
与黑色的
手指呀！

我们
起来了，
在血的场上，在血的沙漠上，在血的水流上，
守望着
中部，
边疆。
经过冰雪，经过烟雾，
遥远地
遥远地
我们呼唤着
爱与幸福，
自由和解放……

七月，
我们
起来了，

呼啸的河流啊，叛变的土地啊，爆烈的火焰啊，
和应该激动在这凄惨的地上的
复活的
歌啊！

因为
我们是
生长在中国。

在中国，
人民的
幼儿
需要饲养呀，
人民的
牲群
需要畜牧呀，
人民的
树木
需要砍伐呀，
人民的
禾麦
需要收获呀！

在中国
我们怀爱着——
五月的
麦酒，
九月的

米粉，
十月的
燃料，
十二月的
烟草，
从村落的家里
从四万万五千万灵魂的幻想的领域里，
飘散着
祖国的
热情，
祖国的
芬芳。

每天，
每天，
我们
要收藏——
在自己的大地上纺织着的
祖国的
白麻，
祖国的
蓝布。

……

因为
我们
要活着，永远地活着，欢喜地活着，

在中国。

三

我们
是伟大的中国的伟大的养子啊！
我们
曾经
在扬子江和黄河的
热燥的
水流上，
摇起
捕鱼的木船；

我们曾经
在乌兰哈达沙土与南部草地的
周围，
负起着
狩猎的器具；
强壮的
少女，
曾经在亚细亚夜间燃烧的篝火的
野性的
烈焰的
左右，
靠近纺车，
辛勤地
纺织着……

……

我们
曾经
用筋骨，用脊背，
开扩着——
粗鲁的
生活。

四

伟大的
祖国，
……

敌人，
突破着
海岸和关卡，
从天津，
从上海。

敌人，
散布着
炸药和瓦斯，
到田园，
到池沼。

敌人来了，
恶笑着
走向
我们。

恶笑着
扫射。
绞杀。

今天，
你将告诉我们以战斗或者以死呢
伟大的
祖国！

五

我们
必须
战争了，
昨天是懦弱的，是惨呼的，是挣扎的
四万万五千万啊！

斗争，
或者死……

我们
必须
拔出敌人的刀刃，

从自己的
血管。

我们
人性的
呼吸，
不能停止；
血肉的
行列，
不能拆散；
复仇的
枪，
不能扭断。
因为
我们
不能屈辱地活着，也不能屈辱地死去呀……

……

太阳被掩覆了，
疆土的
烽火，
在生长着；

堡垒被破坏了，
兄弟的
尸骸，
在堆积着。

亲爱的
人民，
让我们战争，
更顽强，
更坚韧。

六

……
我们，
往哪里去？

在世界
没有大地，
没有海河，
没有意志，
匍匐地
活着
也是死呀！

今天呀，
让我们
死吧，
但必须付出我们
最后的灵魂，
到保护祖国的
神圣的
歌声去……

亲爱的
人民！

亲爱的
人民！
抓出
木厂里
墙角里
泥沟里
我们的
武器，
挺起
我们
被火烤的，被暴风雨淋的，被鞭子抽打的胸脯，
斗争吧！

在斗争里，
胜利
或者死
……

七

在诗篇上，
战士的坟场
会比奴隶的国家
要温暖，
要明亮。

1937年12月24日，武昌

义勇军

田间

在长白山一带的地方，
中国的高粱
正在血里生长。
大风沙里，
一个义勇军
骑马走过他的家乡，
他回来：
　敌人的头，
　挂在铁枪上！

1938 年

坚　壁

田　间

狗强盗，
你要问我么：
“枪、弹药，
埋在哪儿？”

来，我告诉你：
“枪、弹药，
统埋在我的心里！”

1943 年 6 月

老　　家

王博习①

悲惨的滋味爬上心头，
灵魂打个细碎的抖，
记忆里展开凋残之花，
朵朵抹上浓重的黑锈。

从前的老家是颗橄榄，
风光酿着甜蜜的酒，
黑水抱着白山，
大地满是愉快的温流。

春阳里闪着孩子的风筝，
田间蹀躞着成群的羊牛，
轻盈的尾巴荡着细草，
蝴蝶飞进村姑的纤手。

六月天燃起了流火，

① 王博习（1917—1942），笔名莎寨、羽白，河北邢台威县人。中学时代开始发表诗作。抗日战争初期到延安，进入鲁迅艺术学院文学院学习，毕业后到晋东南太行抗日根据地担任文化教育界救国总会干事，主编《文化哨》《文艺轻骑》等刊物。1940 年到冀南创办并主编《新文艺》，期间创作了大量抗战题材的诗歌、小说及报告文学。

一阵雨洒破一个艾忧；
青苗的抽长拉起希望——
明天有个可喜的丰收。

广场上飞着金黄的星，
爆炸着青青的豆，
玉蜀黍有牛角般大，
殷红的高粱像把扫帚。

秋风飘来了一阵凉爽，
人心调起平静的节奏，
积得了半年的新粮，
不愁冬来风雪的怒吼。

那一年突然地遭了炮火，
老家沦进敌人的魔手，
逃走的人们失了保障，
往祖国去潦倒漂流。

五年的时光转眼飞过，
老家再没有光明与自由，
眼泪洗不尽这个悲恨，
旅心日夜地泛起乡愁。

（选自《中流》，1937年3月第1卷第12期）

孩子的疑问

王亚平①

爸爸：
塘沽车站不是中国地吗，
为什么日本兵来站岗？
那天，他踢小郭的屁股，
今天，他拿着枪对我瞄准着，
多么厉害呀！——爸爸！
爸爸：
候车室里怎么也有日本兵呢？
为什么他们要来检查旅客？
那天扭去了一个中国人，
说他有嫌疑，是奸细，
什么是奸细呀？——爸爸！
爸爸：
火车不是中国人的火车吗，
为什么日本兵随便坐呢？
我见他们上去十几个，
都没有车票，还拿着枪，

---

① 王亚平（1905—1983），原名王福全，笔名罗伦，河北威县人。现代诗人、作家。1935 年留学日本。回国后参加战地服务队，任《春草诗丛》主编。1946 年到冀鲁豫解放区，主编《平原文艺》。著有诗集《都市的冬》《生活的谣曲》《血的斗笠》《黄河英雄歌》等。

为什么他们能这样呀？——爸爸！
爸爸：
为什么日本兵老欺侮我们呢？
人都说东三省叫他们抢去了，
还要占塘沽，占天津，……是真的吗？
大五说："小日本真该打倒了！"
谁去打倒小日本呀！——爸爸？

1933年冬，塘沽

闻日寇投降狂喜书怀

王子壮[①]

破碎河山庆忽全，终从薪胆力回天。
神州八载驱倭战，三岛群酋伏马前。
见雪累朝羞辱史，宁忘惨状杀烧年。
南京尸骨长沙火，永记东洋罪恶篇。

1945 年 8 月在都匀

① 王子壮（1900—1948），生于山东济南。1917 年入北京大学，学习法律。1923 年 6 月毕业后回济南，主编《十日》旬刊，撰文宣传新思想。1927 年起到国民党中央工作，曾任监察委员会铨叙部次长，兼任中央监察委员会秘书长。

蝈蝈，你喊起他们吧

魏　巍[1]

战斗了一夜一早晨，战士啊，
用满挂露水的刺刀，
割一枝红酸枣吃下你便睡了！

睡得这样甜啊，
树影在你的军大衣上绣起了花朵，
大红枣跳到子弹带上你也不知道。

螳螂，你这个勇敢美丽的昆虫，
你站在战士的脚上，触须轻轻舞动。
你可是在偷看他们的梦？
你可曾看见，在他们的梦里：
手榴弹开花是多么美丽，
战马奔回失去的故乡时怎样欢腾，
烧焦的土地上有多少蝴蝶又飞上花丛！

---

① 魏巍（1920—2008），原名魏鸿杰，笔名红杨树，河南郑州人。现当代诗人、散文家、小说家。1942 年创作表现抗日斗争生活的长诗《黎明的风景》，获晋察冀边区文学艺术界联合会颁发的“鲁迅文艺奖金”。1951 年发表报告文学《谁是最可爱的人》，在全国引起广泛影响。1978 年，创作完成了抗美援朝题材长篇小说《东方》，获首届茅盾文学奖。

啊，蝈蝈，你喊起他们吧！
在升起笔直的青烟那边，
早饭已经熟了。

1941年9月24日，易县铁管沟门
反“扫荡”中

（选自《黎明风景》，人民文学出版社1955年版）

游击队部之夜

魏　巍

游击队前方的夜，
多么的静啊！
只有窗外蛙声如潮。
灯下，
小鬼们讨论着政治课，
那么热闹，
队长在写战斗报告。

突然，炮声在近处响了……
但像没有这事，
小鬼们依然讨论着政治课，
队长在写战斗报告。
作客的虽然心里慌，
但不好说；
只听着窗外的蛙声如潮……

1940 年 3 月

午 夜 图

魏 巍

午夜里，
在敌人多路扑来的山村，
电话铃急急地响着。

听，听不见枪声，
树叶在簌簌地飘落……

啊，这时，
葫芦架那边，
一堆红艳艳的灶火，
照花了我。

哦哦，红火边坐着一个巨人，
像风里的树影跳跃在大地，
那跳跃的红色的火光，
飞满了他一身。

他那滚过大雷雨的胸膛，
总是这样半袒露着。
你看他，
一块，一块，

把劈柴投向灶火，
谁能从这个战士的灵魂，
看出我们被重兵围困？

午夜里，
红艳艳的灶火，
照花了我。
看哪，葫芦架那边，
山草呼啸中，
坐着的是我们的民族……

1941年9月19日，易县徐家
反“扫荡”中

红　　烛

——献给1942年春天

伍　禾①

划一根火柴
用它细微的光
把红烛
燃在神龛上
想送去阴暗的除夕
和严寒的冬天

冬天是寒冷的
像饥饿的狼狗
风在呼啸
雪在呼啸
一个整整的冬天
劳动人民
被扔进了破烂的茅屋里
打着哆嗦
胸中像塞满了土块

① 伍禾（1913—1968），原名胡德辉，湖北武昌人。现代诗人。抗战时期任全国文艺界抗敌协会桂林分会理事，从事诗歌创作和报刊编辑工作。著有诗集《梦之歌》《行列》，文学剧本《门板》，诗剧《汨罗江边》等。

郁闷而胀痛地
被丢出了幸福的门槛
被夹进了苦难的榨板
喉咙
被暴力关闭了
在闷气的寒冬

想送走寒冷的冬天
于是
我瞧着
那神龛上
一对残年的红烛

红烛是要熄灭的
当红烛熄灭的时候
我们不就
剪断了
一个冻结的冬天吗

那时候
我们会站起来
拍拍身上的灰尘
搓热生茧而僵冻的手
紧紧地握着犁
呼叱着牛儿
走向
春风活跃的旷野

那时候
我们用久病的人
看见了阳光的心情
像脱了笼头的野马
在旷野里
奔驰

我要敞开胸膛
去搂抱春天
而且
放量地
叫喊
红烛真的熄灭了
除夕也跟着它走了
于是
我站起来
敞开茅屋的门板
天哪
还是满天的风雪啊
寒冬正在旷野里
大摇大摆地散步呢

然而
在寒冬的背后
我一眼看出了它
腐烂的窟窿

春天的风啊
正抹着杨柳

1941 年冬

郝　穴

晏　明①

啊，郝穴，你扬子江北岸的草原的宠儿，
你这般安静而有时又喧嚣地
躺在扬子江的左臂。
你沿岸木船的桅杆，不及往日
交织与竖立的繁多……
今天，我来了，
披着破烂的草绿的衣衫，
披着山城的糜烂的气息，
以奔赴战斗的热狂的爱情
和亲切的渴望拜访你。
我来了，来了，
我伫立在你旁侧的堤岸之上，
我微笑着，快乐地用巡视的眸子
向你冷落的街市瞭望，

① 晏明（1920—？），本名郭灿之，出生于湖北省云梦县，我国著名诗人、编辑家。中国作家协会会员，北京作家协会诗歌散文创作委员会主任，中国城市诗歌艺术研究会名誉会长，中国音乐学院特约研究员。1941年后历任《诗丛》月刊主编、《胜利报》主编、《武汉日报》文艺副刊主编、《新民报》文艺副刊主编等职。著有诗集《三月的夜》《收割的日子》《北京抒情诗》《春天的竖琴》《故乡的栀子花》《花的抒情诗》《一束野蔷薇》及中英文对照诗选《晏明短诗选》，诗论集《青春诗路》等。

向你青青的周围的田野瞭望……
你秀绿的战争的土地啊！
你的清澈的池塘散发着荷香，
风吹抚着你被枪弹洞穿的胸膛，
你昏黄的溪水，混合着污浊的
敌寇的血流。
阳光逐走了阴晦的雨天，
把橙黄的紫色的野花，
一丛丛撒满你的身旁，
你长长的绿草的繁盛，
你洼边的竹林的丰茂。
小巧的子规唱歌了，
辛勤的布谷唱歌了，
天空显得如此蔚蓝而明媚……
你，啊，郝穴，
你周围的一切充满了
浓烈的爱的诱惑，
我是这般贪婪地喜悦地
以火热的眼光，拥抱你，亲吻你。
我是被诽谤与饥饿放逐而来的，
我是被血流的激荡与平原的搏斗
引诱而来的，
我是脱去了羞辱与忧伤的外衣
而来的啊！
郝穴，你身经百战的小镇，
你的街市埋藏着炸药，
你的湖泊安放着鱼雷，
你的心脏深处围绕着无数的

猛烈战斗的人民，
你是如此结实而粗壮啊！
今天，我抚摸着自己胸脯的跳动，
为你战斗的骄傲与荣耀而放歌，
我把我快乐的诗句撒播在你的田野，
啊，郝穴，你小小的市镇，
你血腥混合着牛粪的土地，
你扬子江北岸的草原的宠儿啊！
我爱你，颂你……

1942年6月，湖北江陵郝穴

（原载1944年12月四川三台山谷社《诗帖》丛刊）

福建三唱

杨　骚①

一

朋友，你问吗，我的故乡？
唔，我的故乡，
不是吉林，奉天，
是福建芗江。
那儿没有大豆，高粱；
那儿有米，麦，甘蔗，
山田，水田……
哦，我爱我的故乡！

朋友，你问吗，我的故乡？
唔，我的故乡，
不是热河，黑龙江；
是厦门，泉漳。

---

① 杨骚（1900—1957），福建漳州人，著名诗人、作家，中国左翼作家联盟成员，中国诗歌会发起人之一。1938 年加入“中华全国文艺界抗敌协会”，1939 年参加“作家战地访问团”到抗日前线访问，被誉为“抗战诗星”。杨骚出版有抒情诗集《受难者的短曲》《春的感伤》等，剧本集《迷雏》《他的天使》，诗剧集《记忆之都》，评论、随笔集《急就篇》，译作有《铁流》《十月》等。

那儿没有人参，蛤士蟆；
那儿有荔枝，龙眼，
岩茶，水仙……
哦，我爱我的故乡！

朋友，你问吗，我的故乡？
唔，我的故乡，
是头枕武夷山，
脚洗太平洋；
胸藏丰富的矿产，
颈缠闪耀的闽江，
呼吸要震动中原的乳峰，
伸手好摸南国的头脸……
哦，我爱我的故乡！

朋友，你问吗，我的故乡？
唔，我的故乡，
没有冻死人的冬天，
没有恶热的火焰；
只有清冽的泉水，
暖和的太阳；
山高不怕人，
林密无毒烟……
哦，我爱我的故乡！

二

是春天，

荒地，一片，
废墟，连绵，
何处有青翠的稻秧……
啊，在我梦想中的梦想中央！

是田间，
菜色的脸，
饥饿的眼，
何处有金盏的水仙……
啊，在我回忆中的回忆中央！

朋友，我怎么说好呢？
浪人，汉奸
鸦片，机关枪；
海口，山巅，
奇怪的旗在飘扬；
啊，这是我目前的故乡！

哦，朋友，别再问我的故乡！
那是头箍黑色的花边，
脚扣“善邻”的铁链，
胸对吞鲸的炮口，
背着打狗的柔鞭。
喘气吗？肋膜炎，
翻身吗？腹膜炎，
呐喊吗？扁桃腺炎……
啊，朋友，那是，
那是“九一八”前的奉天，

吉林，热河，黑龙江！

三

山海关外血满地，
山海关内黄沙起……
哦，你泉漳的子弟，
你福建的盐，你，
你向哪儿逃避?!

黄河上下吹警笛，
大江南北多雾气……
哦，你泉漳的子弟，
你福建的盐，你，
你向哪儿逃避?!

听吧，你泉漳的子弟，
你福建的盐，你，
纵使你把脑壳，
钻入昆仑山的石洞里，
敌人残酷的铁蹄，
会把你的屁股踢！

听吧，你泉漳的子弟，
你福建的盐，你，
你不打敌人凶恶的鼻，
敌人将剥你善良的皮；
你得学阿比西尼，

顽强地抵抗到底！

你想把破烂的故乡抛弃，
何处是一片干净地，
何处有美丽的水仙，
我问你，我要问你！

哦，你泉漳的子弟，
你福建的盐，你，
点燃武夷山上的森林吧，
烧毁汉奸的狼心狗肺！

哦，你泉漳的子弟，
你福建的盐，你，
鼓起厦门湾中的怒潮吧，
淹没远东的帝国主义！

写于1936年5月7日夜

（选自1936年6月10日上海《光明》第1卷第1号）

摇篮歌

——为难童们作

杨　骚

孩子们哟，酣睡着吧，
烟火虽然这么弥漫，
炮火虽然这么巨大，
但有无数的我们在前面还击，
一些也不要害怕！

孩子们哟，且住着哭吧，
不要惦念你炮火中的家，
也不要哭着你死去的爹妈，
有朝我们挺起胸膛走时，
把那日本鬼打得流水落花！
牢记住，谁是你最大的冤家，
孩子们哟！

（选自《抗战诗选》，1938 年 2 月初版）

离乱杂诗

郁达夫[1]

千里驰驱自觉痴，
苦无灵药慰相思。
归来海角求凰日，
却似隆中抱膝时。
一死何难仇未复，
百身可赎我奚辞。
会当立马扶桑顶，
扫穴犁庭再誓师。

1942 年春

① 郁达夫（1896—1945），原名郁文，字达夫，浙江富阳人。现代小说家、散文家、诗人。1921 年出版短篇小说集《沉沦》，1930 年参加“左联”。抗日战争时期，在新加坡积极从事抗日宣传工作。

走上斗争的前哨

袁　勃①

我们并不能算是疯狂，
拼着血肉追取伟大的理想，
田野怒吼了，
农夫放起锄犁，
扛起枪走上争生存的战场。

我们并不能算是疯狂，
拼着血肉追取伟大的理想，
工厂停息了，
工人放起机器，
扛起枪走上争生存的战场。

我们更不能算是疯狂，
拼着血肉追取伟大的理想，
学校关门了，
学生放起书本，
扛起枪走上争生存的战场。

---

① 袁勃（1911—1967），原名何风文，河北广宗人。现代诗人。著有诗集《真理的船》《袁勃诗文选》等，收集整理彝族长诗《逃到甜蜜的地方》。

我们更不能算是疯狂，
拼着血肉追取伟大的理想，
兵营哗变了，
兵士不听忍辱的命令，
扛起枪走上争生存的战场。

田野中，工厂中，学校中，兵营中，
一齐咆哮起来了，
一齐怒吼起来了，
“我们要走上斗争的前哨！”
对准敌人，射击，突进，
突进，射击，对准敌人！
中华是在斗争中了……
我们要走上斗争的前哨！
我们要走上斗争的前哨！

1936 年

冀中之歌

远千里[①]

我走在辽阔的平原上，
情不自禁地高声歌唱：
无际的蓝天无边大地，
一片树林是一个村庄。

村头上的红旗在飘扬，
广场里的歌声在荡漾，
拿红缨枪的是老太太，
查路条的是小姑娘。

共产党来了天变了样，
抗日的标语写满墙，
人人都像钢铁一样，
谁也不做软弱的羔羊。

“小学教员”做了县长，
工人农民挺起胸膛，

---

① 远千里（1915—1968），原名远保坤，又名远秀峰，河北任丘人。现代诗人。早期的诗歌创作多是宣传抗日救亡的街头诗、诗传单，如《去找吕司令》《过平汉路小立》《拆城》《你想想吧》等，曾在冀中平原军民中广为流传。

母亲送儿妻送郎，
子弟兵保卫自己的家乡。

啊！——亲爱的冀中区，
要把你的功勋写在历史上。
你戳进了敌人的心脏，
为无产阶级把战士培养。

你头枕着北宁铁路，
平汉、津浦在你两旁；
中有美丽的白洋淀，
曾经出没过红色武装。

啊！——亲爱的冀中区，
你蕴藏着革命的力量；
如今你是自由的土地，
我怎能不为你歌唱！

1938年5月，安平崔候疃

拆　城[1]

远千里

鬼子们要来进攻，
妄想占据咱县城。
咱们赶快来拆城，
叫它占了不安生！

咱们打的是游击战，
准备长期来做斗争。
鬼子要的是城墙，
咱要的是老百姓。

1938 年 11 月，蠡县

① 1938 年，日寇攻陷武汉后，回师华北，并于秋后向我根据地进攻。冀中区当时拥有三十几个完整县份，但中央指示，应做好平原游击战争的准备。其中有拆城、挖交通沟、坚壁清野等措施。

你想想吧[1]

远千里

我把字写在墙上，
写给你伪军看。
别忘了你是中国人，
叫老乡戳你脊梁骨。
听我说：
日本鬼子滚回东洋三岛时，
你到哪里去？
——好好地想想吧！

1939 年 3 月

① 此时敌伪已占据了冀中的全部城池和较大的镇子，经常出来“扫荡”，这是写在墙上专为教育伪军的。

她驾着小船

远千里

一个年轻姑娘，
她驾着小船，
双手划桨，
船身似箭，
飞过平静的白洋淀水面。

她驾着小船，
划进苇丛，
穿过一道道濠沟，
寻找那个
绿色的帐棚。

她吹了一阵口哨，
又学咕呱鸟叫，
苇丛中走出一个人，
白羊肚手巾，
晃了三晃，
正是电台队长。

她给队长
带来县委的信，

还有给养。

报务员、译电员，
都来欢迎这个姑娘。
在无边的苇丛里，
谁在轻快地歌唱？

1942 年 7 月，白洋淀

都是区长

远千里

刺刀把人们逼到关帝庙前，
皮鞭抽打在乡亲们的身上。
凶恶的面孔发出豺狼吼声，
追问哪是抗日的区长。

区长隐藏在群众里面，
如同隐藏在深山之间，
敌人若想搜捕区长，
除非铲平这座大山。

区长隐藏在群众中间，
如同鱼儿游在大海里边，
敌人若想搜捕区长，
除非将海水淘干。

鬼子从人群里提出老大爷，
问他是否认识区长，
老大爷把头儿摇几摇，
一句话儿不肯讲。

万恶的日本狗强盗，

正是披着人皮的豺狼；
它用那明晃晃的刺刀，
猛地穿进老大爷胸膛。

又从人群里提出老大娘，
要她快快指出哪是区长，
若是她也不肯讲出来，
老汉就是她的榜样。

老大娘不慌也不忙，
回过头来拜拜四方：
相信共产党会给她报仇，
鬼子的命运不会久长！

鬼子气得满脸紫涨，
咒骂老太婆竟敢倔强，
立刻又舞动刺刀，
狠狠穿透老人家脊梁。

一个小孩被拉出来了，
刺刀又在他面前摇晃，
他要不指出哪是区长，
叫他永远见不到爹娘。

小孩倒也开了腔，
他说："我是儿童团长！
今天豺狼若敢把人伤，
明天定然有人杀豺狼！"

鬼子气得暴跳高三丈，
狠狠打小孩一记耳光，
然后又把那血淋淋的枪刺，
对准了那个小小的脸膛！

人们的心里又一阵紧张，
眼看着这小孩又得遭殃，
口里咬牙，心想搓掌，
要设法制止敌人的疯狂。

忽听有人厉声叫嚷：
“不要杀他——我就是区长！”
这真是晴天的霹雷，
人们的心情有些慌张。

喊话的人正是区长，
你说说这够多么荒唐！
要是真的叫敌人捉去，
岂不是摘掉了人们的心肠？

只见敌人向他走去，
未来的事儿不堪想象；
忽然又听有人大叫：
“我是真的区长！”

霎时间人声嘈嘈像爆仗，
关帝庙前掀起悲愤的声浪；

每个人都挺起自己的胸膛，
大喊着“我是区长！”“我是区长！”

一手护卫着自己的区长，
一手拦挡着披人皮的豺狼；
共产党使人们心连心，
死也要死在一个地方！

人们徒手和野兽拼，
野兽对着人群开枪，
直到游击队包围上来，
野兽们才向着村外急闯。

区长和伙伴们抑住悲伤，
把亲人的尸体好好埋葬；
然后计划为死者复仇，
要消灭净所有的豺狼！

1941年，定县

伟大的交响

臧克家[1]

我永远不能遗忘，
不能遗忘，
当我们的列车
停留在
郑州站东
不远的一个地方，
黄昏已撒下朦胧的黑网，
大地上一片冷的雪光。
哪儿飞来的歌声，
碰得我们的耳朵微响？
那声音叫玻璃窗缝
挤得低弱而渺茫。
我们的男女歌手
听了歌声喉咙便发痒，
我们飞出了车厢，
两条腿像一双翅膀。
我们把紧铁栏
身子探出老长，

---

① 臧克家（1905—2004），山东诸城人。现代诗人。曾任中国诗歌学会会长、《诗刊》主编。著有诗集《烙印》《宝贝儿》，文艺论文集《在文艺学习的道路上》。其短诗《有的人》被广泛传诵。

听出了
那是救亡的歌，
清脆，激昂，
公安局门口
一群小孩子在唱。
他们的小嘴
叫开了一个个车窗，
歌声
像火把，
燃烧着
每个听众的胸膛，
一列头颅探出了窗外，
一千张大嘴一闭一张。
救亡的洪流
撼摇得地动，
救亡的洪流
激荡得人心痛，
救亡的洪流
温暖了三九的严冬。
你一个电筒，
我一个电筒，
给公安局门前的黑影，
穿上了无数光明的窟窿。
我们招手，
我们呼喊，
歌声把孩子们
拖到了我们跟前。
他们不停地唱，

我们不停地唱，
旁观的老幼
不再彷徨，
过路的人们
也停下步子，
放开了粗腔。
救亡的情感像沸水，
使大家变成了疯狂，
这声音，比敌人的炸弹更响，
这声音，像爆裂的火山一样，
这救亡的歌声将响彻全国，
挂在每个中国人的嘴上。
谁敢说堂堂的中华会灭亡？
盲目才辨不清前面的明光，
倭奴的寿命不会久长，
请看看脸前这伟大的力量！
我们唱《松花江上》，
多少人想起了自己
已经失去的美丽的故乡；
我们唱《大刀进行曲》，
“冲啊，冲啊”，连珠几响，
仿佛敌人的头颅
落在我们脸前的地上！
我们唱《义勇军进行曲》，
我们也变成了一员战将。
指挥者的手势
像激流中的双桨，
大家口中的音流

是狂风暴雨的合奏。
我们唱，
大家一个口，一个心，一个声响，
我们唱，
悲壮的热泪
冲出了眼眶，
我们唱，
电筒像我们的舌头
舐在每个孩子的脸上。
他们的脸
笼着汗雾，
他们的脸
放射出兴奋的红光。
他们的血
为祖国在澎湃，
从他们的脸上
可以去辨认黄帝的模样。
他们更走近了一步，
近到这样，
我们的手
可以抚到他们的头上。
“我们的爸爸是工人，
我们的学校属豫丰纱厂，
先生，请开好你们的住处，
几时来约我们打鬼子去？”
“打倒日本帝国主义！”
一个孩子鼓粗了脖子狂喊，
“打倒日本帝国主义！”

大家的反响霹雳震天！
列车动了，
拖着一厢救亡的热情，
孩子们逐着车赶，
小手举向天空；
列车的快步
丢下了我们的孩子，
只听见他们的歌声——
一团火的救亡热情
追一团火的救亡热情。

1938 年夏

母　亲

曾　卓①

一

母亲！
今夜，在故乡千万里外的
坐落在山腰的小村间，
初秋的风雨吹打着
纸糊的木栏格。
在油污的小桌前，
从跳动着的融融的烛光下，
我读着你的远方的来信。

几年来，

---

① 曾卓（1922—2002），著名诗人，本名曾庆冠，生于湖北武汉。1936年加入武汉市民族解放先锋队，武汉沦陷前夕流亡到重庆继续求学，并开始发表作品。1940年加入全国文协，组织诗垦地社，编辑出版《诗垦地丛刊》。1943年入重庆中央大学历史系学习。1944年至1945年从事《诗文学》编辑工作。1947年毕业后回武汉为《大刚报》主编副刊。1950年任教湖北省教育学院和武汉大学中文系，1952年任《长江日报》副社长，当选武汉市文联、文协副主席。代表作品有《曾卓文集》《门》《悬崖边的树》《老水手的歌》等。

当我从行囊中
检点出你手缝的冬衣时
我要想起您；
当我看见旁人的
慈祥、勤劳的母亲时，
我要想起您；
当我从报纸上知道
您居住的那个小城被炸时，
我要想起您；
当我听到或看到
一些女人的悲惨的故事时，
我要想起您。

此刻
窗外是蒙蒙的初秋的雨夜，
桌前是您从远方寄递来的言语，
那每一个拙劣然而是清朗的字迹，
如此沉重地
叩击着我的心。

我似乎听到了
你夜半的殷殷的叮咛；
似乎看到了
当我离开故居时
一扬手中
你刻满酸楚的脸。

一遍又一遍地读着

那充满着的悒郁与渴望
几乎要从纸面溢出的
来信，
想着你一生
不幸的悲苦的遭遇，
我的泪水，如窗外的秋雨
凄然而落。

二

你出生在破落的农家。
纺织机
和小溪边洗衣用的光石，
和散发着秽气的猪圈，
和低矮暗湿的厨房……
伴着你寂寞的少女的日子。

你来到我家的第三个春天，
我的父亲
那个在当时的新潮流里打滚的
对你没有一丝爱情
用鄙夷的眼光看你的
您的丈夫，
弃您而远走了。
——是什么封住了您的嘴呢？
没有一句诅咒，
您只怨自己的苦命，
含着流不完的眼泪，

让您青春的花朵
在孤独中，
在比利箭还要刺伤您的心的
旁人讥嘲的眼光下
暗暗地凋落……

从此一座阴暗的小楼
就是您的世界，
您在油污的厨房里
洗衣、切菜、煮饭，
或是俯身坐在窗口
缝补和刺绣。
窗外沸腾着喧嚣的大街，
大街上的遍地阳光
和您拉上了宽阔的鸿沟，
您低着头，更深地低着头
一步一步，艰难地
耕耘着坚硬的岁月。

我一闭上眼
就浮现了
您那胖胖的身躯，
那有着裂纹的粗糙的手掌，
那浮肿的脚，
和那忧郁而无神的
凝望着远方的眼睛……

三

您慈爱地也是严厉地
束缚着我的童年，
我就是您唯一的
希望的种子，
您热望着那结出的花朵的
鲜艳的颜色
装饰您的暮年。

我怎么能够忘却呢？
幼年时的那些夜半，
您将我从梦中摇醒，
为了我白天所犯的过失，
您是怎样气喘地咬紧着牙
狠狠地责打我。
然而，流泪的不是倔强的我，
而是您自己。
您伏在床栏边嘤嘤地哭泣，
向我诉说着
一串串的苦辛。
您说：“娘是苦命人，
只指望你成人争一口气，
而你……”

而我——
而当我能够振起翅翼时，

就高高地飞出了家的牢笼，
将更无望的孤独留给您，
将更无温暖的日子留给您，
将更沉重的悲哀与痛苦留给您，
我带走的，只是你的
曾在我身上寄托过高热的希望
而已被撕裂的心。

四

敌人的铁蹄驱使您
告别了那如一只小船
遮盖过您二十年风雨的故居，
您流落在远离故乡的
陌生的小城中，
您怀着过载的心，
异地的风雨摧打您，
您乃渴念着
过去即使是腐朽的
静水的日子。

为时代的风暴所卷起的
无数孩子们的母亲
都已被掷落在
无告的困苦的岩间啊！
而今，
当您在反侧不眠的暗夜，
或是当您在繁重劳动的间歇中

遥望着远天的白云时，
当您挤坐在防空洞潮暗的角落时，
当您听到一个年轻人在热情地歌唱时，
您还在想着您的千万里外的孩子吗？
您还在为您的孩子
默默地祝福吗？
您还在盼望着您的孩子
带件幸福的外衣
飞回您的怀抱吗？

五

母亲！
只是因为深深地爱您，
深深地爱着这一代
如您一样的
被时代的车轮
轧伤了的母亲们，
我热望着带给你们幸福的暮年，
带给后来的母亲们
不再如你们一样悲惨的命运，
我
——无数的你们的孩子
都在一滴一滴地
抛出自己的血汗，
用如石工一样的手
一凿一锤地敲打着
通向自由幸福世界的路，

因而，我不能回到您的怀抱，
不能走您希望我走的道路，
不能戴上奴隶者的王冠
而又将那光荣分给您，
我不能啊！

母亲！
请信我
当祖国的大地
挣断了几千年来的锁链，
当故乡的林间
不再拴有敌人的战马，
当您又跋涉着迢迢的路回到家乡时，
我一定要随着黎明的光
去叩开故居的门，
我一定要跪倒在您的脚前，
求您：即使是一点头的宽恕……

1941年1月，冷水场

我的诗，永远是年轻的

张秀中[①]

我的诗
　永远是年轻的
当诗句
　从笔尖下
　流露出来时
我的思想
　像电一样
　便从千里之外飞来了
于是
　我紧张地劳作着
像一个耕地的农民
　以劳动的力量
　养育着我的灵魂了

我喜爱我的诗
因为它像牛一样
　永远拉着犁
　和劳动人民在一起
　耕耘着祖国的土地

---

① 张秀中（1905—1944），原名张毓坤，河北定兴人。现代诗人。著有诗集《清晨》《动的宇宙》等。

我的诗
是从那久远的
黑暗的年代
从敌人血腥的营垒
从阴暗的地下室
　战斗过来的
　战斗过来的
但是啊
　终于
　来到了
　新生的一代

我的诗
歌唱在太行山上
和千百万人民活在一起
用血和生命
　赞美着民主的阳光
　保卫着青春的大地

我喜爱我的诗
它一点也不消瘦
　我的诗
　永远是年轻的

（选自《诗风》，晋东南文协1943年编）

回　击

郑振铎[1]

只有回击，
只有重重地回击，
才能叫侵略者徘徊却顾，
才能使侵略者仓皇止步——
“以眼还眼，
以牙还牙！”
我们的忍耐已经太久了，
无辜者的血已经流得太多了，
回击！
重重地回击！
只有战士的血，
只有战士的枪和刀，
才能挡住了侵略者的前进，
才能阻止了侵略者的无穷的贪欲和野心。
“以眼还眼，
以牙还牙！”
无穷无尽的战士们山岳似的站在那里，
山岳似的站着等待出击的命令！

---

① 郑振铎（1898—1958），生于浙江温州，原籍福建长乐。现代杰出的爱国主义者和社会活动家、作家、诗人、文学评论家、文学史家、翻译家、艺术史家。

回击！

重重地回击！

苟安的和平是一条死路，

忍辱的退让是一种罪恶。

以铁来回答铁的呼啸，

以血来回答血的渴望。

“以眼还眼，

以牙还牙！”

抗战才是一条活路，

也是给侵略者一个最好的道德的教训，

为中国，

也为世界的和平。

回击！

重重地回击！

1938 年

保卫北平曲

郑振铎

保卫北平，
保卫北平！
保卫这可爱的古城，
保卫这可爱的文化城！
我们以铁和血来保卫北平！
我们执着枪，握着大刀，
我们与这古城共死生！
不可越过的壕沟，
不可攻克的坚城！
“敌来，我与你偕亡！”
粉碎了他们！
把他们赶出国境！把侵略者肃清，
我们以铁与血来保卫北平！

保卫北平，
保卫北平！
保卫这可爱的古城，
保卫这可爱的文化城！
我们以铁和血来保卫北平！
景山高峙于城中，
翠绿淹没了万家的檐楹。

“春城无处不飞花”，
夕阳照在碧澄澄的三海，一泓莹清。
不可越过的壕沟，
不可攻克的坚城，
骆驼项下叮当的宏浊而徐缓的铎声，
显示着坚贞而不屈的丹心。

保卫北平，
保卫北平！
保卫这可爱的古城，
保卫这可爱的文化城！
我们以铁和血来保卫北平！
平畴千顷，
黄澄澄的水稻即将收成。
朝暾射在如带的西山，
紫绛乱涂得像锦绣在相迎。
清莹的玉泉水，淙淙地流着，
流到壕沟，不可越过的深盈。
不可越过的是壕沟，
但更不可越过的是我们的忠勇的守卫的兵。

保卫北平，
保卫北平！
保卫这可爱的古城，
保卫这可爱的文化城！
我们以铁和血来保卫北平！
圆明园如受伤的兽，
躺在那里，警示着侵略者所给的牺牲。

姊妹似的并肩躺着颐和园与清华园，
提防她们再受到不可补救的伤！
仰望巍巍的古城，
薜萝与灌木杂生在城墙，
是坚厚不可克的坚城！
但更不可克的是我们坚厚若山岳的守卫的兵！

保卫北平，
保卫北平！
保卫这可爱的古城，
保卫这可爱的文化城！
我们以铁和血来保卫北平！
这饱历沧桑的古城北平，
她听惯了饶舌的流莺，
也看惯了舍生拼死的斗争。
她偷偷落泪于异族的占领，
但重见汉族衣冠，却大笑忘情。
那历史是阴郁的时代多过晴明，
我们该不让这可爱的古城，
再度饮泣吞声！
我们以铁和血来保卫北平！

保卫北平，
保卫北平！
保卫这可爱的古城，
保卫这可爱的文化城！
我们以铁和血来保卫北平！
无穷尽的宝藏，

无穷尽的活的文化，经营。
先民的精灵，将怎样在地下啜泣睁睛，
若失去了这古城，
现代文化的幼婴，将怎样因失乳而泪水盈盈，
若失去了这可爱的文化城！
不，不，我们以铁和血来保卫我们的文化！
我们以铁和血来保卫北平！

保卫北平，
保卫北平！
保卫这可爱的古城，
保卫这可爱的文化城！
我们以铁和血来保卫北平！
这里如今是国防的前线，
也是冀、察的卫城。
千里的黄河，绥和晋，
安与危就在这古城的掌上擎！
这古城的亡和存是我们所必争，
无穷尽的守卫的忠勇的士兵，
给世界保证，必粉碎敌人，如果他们敢一步前进。
我们以铁和血来保卫北平！

保卫北平，
保卫北平！
保卫这可爱的古城，
保卫这可爱的文化城！
我们以铁和血来保卫北平！
北平是我们的莫斯科，

就是拿破仑也得在此地全军亡倾！
北平是我们的西伯利亚，
谁侵入一步，谁便别希望有回程！
猛烈的敌人的攻击，
但更猛烈的是我们的炮声。
回击得敌人永永不得起身，
回击得敌人没力量在潢池弄兵！
我们以铁和血来保卫北平！

保卫北平，
保卫北平！
保卫这可爱的古城，
保卫这可爱的文化城！
我们以铁和血来保卫北平！
我们站在这里，如山岳不可移动，
我们站在这里，是永永不可攻克的人的城！
我们的一批倒下了，
但无穷尽的是我们的弟兄，弟兄，弟兄！
敌人冲得破坚厚的城，
但永远冲不过这坚厚的人的城！
敌人轰得倒坚实的炮垒，
但永远，永远轰不倒这坚厚的人的城！
我们以铁和血来保卫北平！

1937 年 7 月

吴淞口的哨兵

——记所见

郑振铎

太阳光辉煌地照在浑黄的江水上，
不断的绿草顽强地蔓生在不断的堤岸。
吴淞口上立着我们的哨兵，
可爱的芒鞋背笠的哨兵。
他执着枪，
天神似的立在吴淞口断垣危壁之下，
眼盯着断桥对岸的敌人，
一步不移动他的岗位。

轰轰轰轰的敌人的炮声，
打倒了坚墙，摧毁了当前的一切，
但打不动他的心。
他执着枪，
天神似的立在吴淞口断垣危壁之下，
眼盯着断桥对岸的敌人，
一步不移动他的岗位。

呼呼呼呼的敌人的子弹，
在前在后，在上在下，在左在右，
呼呼地飞过，哧哧地打在他的身旁的墙上，

但打不动他的心。
他执着枪，
天神似的立在吴淞口断垣危壁之下，
眼盯着断桥对岸的敌人，
一步不移动他的岗位。

嗡嗡嗡嗡的敌人的飞机，
就在他头顶上盘旋着，
低着机头落下了一颗大炸弹，
被炸起的碎土破砖，
打落在他的左近，
但打不动他的心。
他执着枪，
天神似的立在吴淞口断垣危壁之下，
眼盯着断桥对岸的敌人，
一步不移动他的岗位。

这里是他的岗位，
这里是他的哨视的岗位，
这里也便是他的葬身之地！
他执着枪，
勇毅无畏地天神似的站在吴淞口断垣危壁之下，
眼盯着断桥对岸的敌人，
一步不移动他的岗位。

太阳光辉煌地照在浑黄的江水上，
不断的绿草顽强地蔓生在不断的堤岸。
吴淞口上立着我们的哨兵，

可爱的芒鞋背笠的哨兵，
他执着枪，
天神似的立在吴淞口断垣危壁之下，
眼盯着断桥对岸的敌人，
一步不移动他的岗位。

作于“一·二八”战役

（选自《战号》，生活书店1937年10月版）

前　　线

祝实明①

狮子吼，雷喊，
一分钟几百发的重炮弹。
战士们无声
像九月蝉；
敛着奋飞的翼
像鹰鹳；
愤怒的眼光
闪，
像电；
潜伏着，平卧着，
像猎犬
注视它的猎物，
准备穷追
过岭，过草原，过山。
死神张开遮天的大羽翼，

---

① 祝实明（1910—？），又名祝世德，生在四川巴州恩阳镇，家贫，靠师友资助，从上海吴淞公学毕业。著有《大禹》（晨钟出版社出版）、《明季哀音录》（贵阳交通书局出版）、《战争与和平》，新诗有《娑罗树》（长达1800余行）、《熊猫行》（长达千余行），1940年7月于《新知识》1卷5期发表《爱国词人辛弃疾》。还有《新诗的理论基础》（现存重庆北碚图书馆）等。主修《汶川县志》《筠连县志》。20世纪40年代中，上海《中国青年生活刊》称祝世德为四川文豪。

盘旋
复盘旋。
侵略的炮弹在伪装侧开花，
侵略的炮弹在阵地里开花。
黄土上浸满红血，
树枝上残雪高挂。
战士们无声像长蛇
梭行，梭行，爬。
正义在心里开花。
愤怒在心里开花。
在战神翼下，
在死神翼下，
怒目静候着
像蛙。
黑夜来时才从战壕里跃出，
握紧投上刺刀的枪把，
匍匐前进，
冲锋，
杀！

1938年4月

（选自《垦殖集》，文通书局1944年8月初版）

江

邹荻帆[1]

浑黄的江水在夏天涨了，
跳跃着万顷激流，
像一匹载满了风沙的战马
驰骋着，
从巴颜喀拉山牧马的地方
啮碎缰绳，
三峡锁不住它的红鬃，
直奔向辽远的地方。

苍鹰在头上啸叫着，
山谷的野猿偕着溪流嗥鸣，
那缠着蓝布头巾
棕黑的膀子
棕黑的脸上
嵌着两颗亮眼珠的水手，
撑着木筏，

---

① 邹荻帆（1917—1995），湖北蒲圻（今湖北赤壁）人。现代诗人、翻译家。1936 年发表长篇叙事诗《做棺材的人》和《没有翅膀的人们》。1938 年后在武汉等地从事抗日救亡运动。著有诗集《青空与林》《噩梦备忘录》《尘木集》《在天门》《木厂》《走向北方》《金塔一样的麦穗》，诗论集《诗的欣赏与创作》，长篇小说《大风歌》等。

挽篙抵着崖石，
倾斜了腰身，
偕着自然的水力搏斗。

浪花卷过了崖石，
苍鹰飞下憩息，
浪花卷上了崖石，
苍鹰又惊惶飞起。

暴雨来了，
两岸的瀑布叫得更响，
它掀起了巨浪，
伸着锋利的舌叶
冲打着崖石，
回转着一圈圈漩涡，
江水叫着，
江水嚎着，
江水发出了狂笑。

奔流过南方的草原，
柳丝抽在它身上，
汽笛与烟囱
从铁轮马达交响处
嘶吼着声声，
它又像在风沙中加紧了皮鞭，
遥闻着笳角，
扬起鬃尾
临天风奔驰而长啸。

江——

我爱你雄浑有力，

泻流万里。

堤岸阻不住你的汹汹，

给予两岸居民以温暖

几千年如一日，

而在今天

祖国的命运是太困厄了，

逆着你鳞波逃亡的人群

也像冲下山岗的洪流。

江——

你会听着，

你会看着，

那些呻吟着的，辗转着的，

在你的周遭。

江——

感谢你给予了我的启示，

我也将贡献祖国以些许的力量，

些许的温暖，

而跨上征马，

蹄声掀起灰尘

随着你滔滔的洪波不息而永驰……

1938年6月

第二章

最后的吼声

（烈士的诗）

为祖国而歌

陈　辉[①]

我，
埋怨
我不是一个琴师。

祖国啊，
因为
我是属于你的，
一个大手大脚的
劳动人民的儿子。

我深深地
深深地
爱你！

我啊，
却不能，
像高唱马赛曲的歌手一样，

---

① 陈辉（1920—1945），原名吴盛辉，湖南常德人。抗日烈士。抗日战争爆发后，奔赴延安，入延安“抗大”学习，1938 年到华北联合大学学习，毕业后到晋察冀边区通讯社当记者。曾在《晋察冀日报》《群众文化》《诗建设》《鼓》《子弟兵》等抗日根据地报刊上发表过很多诗作。

在火热的阳光下，
在那巴黎公社战斗的街垒旁，
拨动六弦琴丝，
让它吐出
震动世界的，
人类的第一首
最美的歌曲，
作为我
对你的祝词。

我也不会
骑在牛背上，
弄着短笛。
也不会啊，
在八月的禾场上，
把竹箫举起，
轻轻地
轻轻地吹，
让箫声
飘过泥墙，
落在河边的柳荫里。

然而，
当我抬起头来，
瞧见了你，
我的祖国的
那高蓝的天空，
那辽阔的原野，

那天边的白云
悠悠地飘过，
或是
那红色的小花，
笑眯眯地
从石缝里站起。
我的心啊，
多么兴奋，
有如我的家乡，
那苗族的女郎，
在明朗的八月之夜，
疯狂地跳在一个节拍上，
你搂着我的腰，
我吻着你的嘴，
而且唱：
——月儿呀，
亮光光……

我的祖国啊，
我是属于你的，
一个紫黑色的
年轻的战士。

当我背起我的
那支陈旧的“老毛瑟”，
从平原走过，
望见了
敌人的黑色的炮楼，

和那炮楼上
飘扬的血腥的红膏药旗，
我的血啊，
它激荡，
有如关外
那积雪深深的草原里，
大风暴似的
急驰而来的
祖国的健儿们的铁骑……

祖国啊，
你以爱情的乳浆，
养育了我；
而我，
也将以我的血肉，
守卫你啊！

也许明天，
我会倒下；
也许
在砍杀之际，
敌人的枪尖，
戳穿了我的肚皮；
也许吧，
我将无言地死在绞架上，
或者被敌人
投进狗场。
看啊，

那凶恶的狼狗，
磨着牙尖，
眼里吐出
绿色莹莹的光……
祖国啊，
在敌人的屠刀下，
我不会滴一滴眼泪，
我高笑，
因为啊，
我——
你的大手大脚的儿子，
你的守卫者，
他的生命，
给你留下了一首
无比崇高的“赞美词”。
我高歌，
祖国啊，
在埋着我的骨骼的黄土堆上，
也将有爱情的花儿生长。

过 东 庄

陈 辉

回来了哟，
东庄！
回来了哟，
我的第二个
年轻的故乡！

还记得吧：
我，
一个孩子，
随着七月的风暴，
来自祖国的南方。
我啊，
曾在你的身边，
眺望着北方的山岗，
曾在你的身边，
倾听着胭脂河的歌唱。

该斑驳了吧：
那矗立在阳光下的泥墙，
那曾经写过我的
仇恨的言语，

曾经贴过我的
浅酱色诗句的
古老的泥墙!

该苍老了吧:
你，挑着菜担，
背着锄头的老乡，
曾经用灼热的手，
抚摸过我病患的头;
你曾和我在月光下
谈起自由而胜利的红色的露西亚的禾场，
你倚在门前的老乡啊!

你，
还记得我吧:
春天的傍晚，
在溪畔洗过我的衣裳的
年轻的姑娘;
你应当记得，
我这个南方人，
曾经告诉过你，
在南方，
年轻的姑娘，
把敌人的头，
抛入了扬子江，
在一个没有星星的晚上。

回来了哟，

东庄!
回来了哟,
故乡!

今天,我像一个流浪人,
(挑着自己的歌
踩过北方的沙砾)
不敢留心看你:
那被敌人烧毁了的茅屋,
那被敌人踏过了的黄土,
我怕这颗愤怒的心,
跳出我的胸膛!

我沉思着,
这年头的苦难;
沉思着,
总有那么一天,
把中国的灾难走完……

风呀,
在窗外叫响。

黄昏,
又张开了
黑色的胸膛。

1940年2月13日夜,写于浑源蔡沟

六 月 谣

陈 辉

一、麦子，在笑哩

六月里，
麦子熟啦。

黄黄的天，
黄黄的土地，
黄黄的大麦粒，
在笑，
在笑哩！

哦，
爸爸呀，
妈妈呀，
大姑娘，
小娃娃，
都把镰拿过来吧！

大伙儿都动手，
快点儿割掉它，

多送些给军队，
不让鬼子抢走呀！

黄黄的天，
黄黄的土地，
黄黄的大麦粒，
在笑，
在笑哩！

二、这时候

这时候……
杏子顶红，
枣花顶香，
风儿顶大，
麦子顶黄。

炮声啊，
在叫，在响，
在河那边，
在平原上……

炮声啊，
在叫，在响，
炸毁了张三的破锅，
烧光了李四的草房。

这时候……

年轻的小伙子啊，
到军队里去吧！
用你那乌黑的大手，
背起这杆大枪。
啊！
趁着这时候……
这时候，
枣花顶香，
麦粒顶黄。
这时候啊，
大炮在响，
黑夜很亮……

年轻人，
来吧，
像火，
像枪。

死也要烧，
死也要响，
死啦，
也要保卫我们的土地呀！

月 光 曲

陈　辉

一

月亮挂在天上，
星星睒着小眼睛，
像一群顽皮的孩子，
挤在妈妈的身旁。

“妈妈，你看，
那是什么呀！
是不是一群红色的马队，
闪电似的奔驰在河岸上？”

“啊，孩子，
那是晋察冀的子弟兵。
他们呀，骑上太行山的骏马，
趁黑夜，去夺回失去的
祖国的城市和村庄。”

月亮挂在天上，
星星睒着小眼睛，

像一群顽皮的孩子，
向夜的晋察冀窥望。

二

马蹄嗒嗒地响，
马蹄啊，踏碎了月光，
马儿啊，饮着河水，
战士啊，掮起钢枪。

风儿呀，
你用力地吹吧！
把那甜蜜的、悲哀的好梦，
吹进敌人的堡垒和营房。

月儿啊，
你明亮地照吧！
让凶恶的法西斯野兽，
得意地狞笑在中国的土地上吧！

马蹄嗒嗒地响，
马蹄啊，踏碎了月光，
马儿啊，扬起了灰尘，
枪儿啊，纵情地歌唱。

三

小星星啊，

你听着，
枪儿在唱歌——
一支红色的
太行山上子弟兵的月夜之歌啊。

“月亮光光，
挂在天上；
我们的红色的枪火，
射过晋察冀的山岗。

“月儿圆圆，
挂在天边；
我们的白色的枪尖，
刺进了敌人的胸膛。”

小星星啊，
你听着，
枪儿在歌唱——
一支红色的撕毁敌人的歌啊。

四

月亮呀，
你看啊，
星星呀，
你看啊。

我们的红色的马队，

在妈妈河上急飞，
马蹄啊，愉快地踏着浅浅的河水，
枪尖啊，胜利地闪着血红的光辉。

敌人的呜咽的血泪，
流进了妈妈河滚滚的波涛里，
泪儿啊，沉进了黄色的河底，
血儿啊，将灌溉中国的土地。

月儿啊，你笑，
星星啊，你笑，
用笑声去拥抱
钢铁的子弟兵哟……

（选自《十月的歌》，作家出版社 1958 年版）

献诗——为伊甸园而歌

陈　辉

那是谁说
“北方是悲哀的”呢？

不！
我的晋察冀啊，
你的简陋的田园，
你的质朴的农村，
你的燃着战火的土地，
它比
天上的伊甸园，
还要美丽！

啊，你——
我们的新的伊甸园呀，
我为你高亢地歌唱。

我的晋察冀啊，
你是
在战火里
新生的土地，
你是我们新的农村。

每一条山谷里，
都闪烁着
毛泽东的光辉。
低矮的茅屋，
就是我们的殿堂。
生活——革命，
人民——上帝！

人民就是上帝！
而我的歌呀，
它将是
伊甸园门前守卫者的枪支！

我的歌呀，
你啊，
要更顽强有力地唱起，
虽然
我的歌啊，
是粗糙的，
而且没有光辉……

我的晋察冀啊，
也许吧，
我的歌声明天不幸停止，
我的生命
被敌人撕碎，
然而
我的血肉啊，

它将
化作芬芳的花朵，
开在你的路上。
那花儿呀——
红的是忠贞，
黄的是纯洁，
白的是爱情，
绿的是幸福，
紫的是顽强。

守住我的战斗的岗位

陈 辉

月光下，
我紧握着枪，
守住我的
战斗的岗位。

(看
月光下的
　田野
　山峦
听，
嘶叫着的延水。)

月夜，
太美丽了哟！
(倚在墙角)
我，
想起了家，
想起了
故乡的月光，
月光下的城墙。

也许母亲，
(独个儿)
坐在门旁
在叹息。

……一群乳燕，
南方，
北方，
飞到哪里去了呢？

拭干吧，
母亲，
泪是无用的……

月光下，
烈焰在我心里
　燃烧，
延水，
像一条闪光的带子，
在远方
　吼叫。
我握着枪，
守着我的
战斗的岗位。

1938年11月10日，写于延安柳树店

牢中慰问同难王菊人同志

杜斌丞[①]

国家正多难，南冠到此城。
望门思张俭，慷慨感侯生。
我志非石转，君心比月明。
衷怀诚怛怛，自足慰吾情。

---

① 杜斌丞（1888—1947），陕西米脂人。1917 年毕业于北京高等师范学校。1918 年任陕北榆林中学校长。1936 年“西安事变”前后，曾任国民党第十七路军杨虎城部总参议和陕西省政府秘书长。抗日战争期间，先后在成都、重庆、昆明、西安等地，积极参加爱国民主运动。抗战胜利后，任中国民主同盟中央常务委员兼西北总支部主任委员。1947 年在西安被国民党反动派杀害。

浪 潮 歌

冯治纲[1]

法西斯残暴，
战火烈燃烧。
革命斗争汪洋大海，
谨防水底礁。
狂风起浪潮，
水手舵把牢。
冲锋啊！
敌伪难脱逃。
资本主义坟墓具备了，
葬钟一声敲。
阶级仇恨难消，
誓死高举红旗，
红光普照，
融化万恶消。

---

① 冯治纲（1908—1940），吉林怀德县（今公主岭市）人。1935年加入中国共产党。历任抗联六军团长、参谋长、支队长等职。1940年2月在阿荣旗任家窝棚作战中牺牲。

就义诗

吉鸿昌[①]

恨不抗日死，
留作今日羞。
国破尚如此，
我何惜此头。

---

① 吉鸿昌（1895—1934），字世五，原名吉恒立，河南扶沟人。抗日英雄，爱国将领。1932 年加入中国共产党，1934 年参与组织中国人民反法西斯大同盟，被推为主任委员，宣传抗日，联络各方，准备重新组织抗日武装。11 月 9 日，在天津法租界被捕；11 月 24 日，被杀害于北平陆军监狱。1945 年 4 月，中国共产党中央委员会决定授予吉鸿昌“革命烈士”称号。

有贼无我

吉鸿昌

有贼无我，
有我无贼；
非贼杀我，
即我杀贼！
半壁河山，
业经变色。
是好男儿，
舍身救国。

滦河曲

雷　烨①

滦河的流水唱着歌，
歌声浮载着子弟兵。
子弟兵的青春——
好像河边的青松林。
滦河的流水含沙金，
金子好比子弟兵的心。
滦河的流水向渤海，
渤海岸上发源子弟兵。
滦河的流水发源长城外，
子弟们回旋喀喇沁。
滦河的流水涌浮着死尸，
松林里的人民热爱子弟兵。
子弟兵，
像飞鹰，
回旋在家乡的河流上，
松林里的人民是好母亲。

---

① 雷烨（1914—1943），原名项金土，浙江金华人。1938年奔赴延安进入抗日军政大学学习，后被派往晋察冀边区任前线记者团记者。1941年11月25日，日寇在丰润县潘家峪制造了惨绝人寰的大惨案，雷烨拍摄下了许多极具史料价值的照片，真实地记录了日寇的暴行。1943年4月20日，雷烨在平山县曹家庄撰写照片说明时，遭遇日寇包围，壮烈殉国。

青春的鹰！
勇敢的鹰！
冀东年轻的子弟兵！

（选自《晋察冀诗抄》，中国青年出版社 1959 年版）

诗 一 首

李公朴①

要救国，要赶早，
国亡后，更难了。
华北抗战已爆发，
救亡雪耻在今朝。
和平不是靠哀求，
和平后面要有炮。

① 李公朴（1902—1946），生于江苏淮安。1936 年参加全国各界救国联合会，被推为负责人之一，同沈钧儒、邹韬奋等一起被捕，抗战开始后获释。1945 年任中国民主同盟中央执委，积极参加爱国民主斗争。1946 年 7 月 11 日在昆明被国民党特务暗杀，次日凌晨牺牲。

寄　母

李少石[①]

赴义争能计养亲？
时危难作两全身。
望将今日思儿泪，
留哭明朝无国人。

① 李少石（1906—1945），原名国俊，字默农，少石是在重庆工作时的化名，广东新会（今江门市）人。1926年加入中国共产党。1927年大革命失败后，被调到香港工作。1943年春，奉调重庆，公开身份是《新华日报》记者兼编辑，实际在八路军驻渝办事处外事组任周恩来的英文秘书。

寄　　内

李少石

一朝分袂两相思，
何日归来不可期。
岂待途穷方有泪，
也惊时难忍无辞。
生当忧患原应尔，
死得成仁未足悲。
莫为远人憔悴尽，
阿湄犹赖汝扶持。

游击队

李延平①

我们是共产党领导的抗日游击队，
我们在各个战场上都打胜仗。
为了从祖国领土上赶走日本法西斯，
同志们不断地战斗在寒冷的疆场。
脚下的雪花越铺越厚，
霜雪凝成的冰溜越挂越长。
严寒不能把英雄们吓倒，
千万个神枪手挥动着步枪。
冻得麻木的手继续着射击，
尽管血水脑浆溅满了衣裳。
把抗日游击战争进行到底！
胜利火花闪耀着一簇簇红光。

---

① 李延平（1903—1938），吉林延吉人。1932年6月加入中国共产党。次年冬去苏联学习。1935年冬回国，任东北抗联第四军第一师师长。1936年夏任第四军军长。1938年秋，被日寇围困于五常县山里，在激烈的战斗中身负重伤，牺牲于拉林河上游的森林中。

诗 一 首

刘铁之①

二月雪天，
被捕在“中大”门前，
个个绳捆索绑，
忍受警察皮鞭。
若问犯了何罪，
为爱我国锦绣江山！
坐囚车，
押解公安局转军监。
军监中，
“军法”严，
脚戴镣，
衣衾寒；
铁窗里，
从此做了囚犯。
一天两个窝窝头，
两盅清水无有盐。
再想起：

① 刘铁之（1914—1942），河北清河人。第二次国内革命战争时期在北平参加学生运动，加入中华民族解放先锋队，1935 年加入中国共产党。抗日战争时期担任冀南行署秘书长，后到山西参加边区政府领导工作。1942 年 6 月日寇“大扫荡”中牺牲。

敌人入腹地，
泪涟涟！
国将破，
家将亡，
民族将沦丧，
汉奸何无耻！
勾敌自残伤，
捕杀爱国人，
奴颜事东洋。
一朝人民翻身起，
叫你狗命见阎王！

留取丹心照汗青

吕惠生[①]

忍看山河碎？
愿将赤血流！
烟尘开敌后，
扰攘展民猷。
八载坚心志，
忠贞为国酬。
且欣天破晓，
竟死我何求！

---

① 吕惠生（1901—1945），安徽无为人。1942 年加入中国共产党。曾任江苏仪征县县长、安徽无为县县长、皖江行政公署主任。1945 年 9 月随新四军七师北上，途中遭蒋军袭击被捕。同年 11 月在南京被国民党反动派杀害。

大家来杀鬼子兵

史　轮[1]

嗒嗒嗒，机关枪，
轰隆隆，大炮响，
日本鬼子兵来到我村庄，
你看那黑烟腾空强盗们多猖狂。

东邻在哭儿郎，
西邻在叫爹娘，
咱们的乡亲紧捆在大树上，
强盗们把那刺刀刺在人胸膛。

妇女们跑得慢，
满脸上是血浆，
你看那鬼子兵朝我们家里闯……
兄弟们拿起家伙赶他们出村庄！

乒乒乒，锄头拼，
咕咚咚，棍子枪，

---

① 史轮，现代诗人。全民抗战开始后，与诗人田间等参加战地工作团，出版诗集《杂技》及剧本、鼓词等大量作品，1942 年 5 月在反“扫荡”中牺牲。

看这些野兽们栽倒在地埃尘，
我们就去打游击，大家去杀鬼子兵！

1937年

塞北民歌

史　轮

我们长大在边疆
我们豪爽又激昂
甩起皮鞭
我们保卫在塞上
我们勇敢又强壮
塞上风云
　多宽敞……吆喝野马
　吆喝野马
看着我们一大群
也是杀敌的大力量

我们是杀敌的大力量

我们保卫在塞上
我们勇敢又强壮
塞上风云
　多么宽敞……
多么风光
　多么风光

看着我们一大群

也是杀敌的大力量

（选自 1939 年 1 月 23 日《新华日报》）

祈　　祷

闻一多[1]

请告诉我谁是中国人，
启示我，如何把记忆抱紧；
请告诉我这民族的伟大，
轻轻地告诉我，不要喧哗！

请告诉我谁是中国人，
谁的心里有尧舜的心，
谁的血是荆轲聂政的血，
谁是神农黄帝的遗孽。

告诉我那智慧来得神奇，
说是河马献来的馈礼；
还告诉我这歌声的节奏，
原是九苞凤凰的传授。

谁告诉我戈壁的沉默，

---

① 闻一多（1899—1946），本名闻家骅，字友三，湖北黄冈人。现代诗人、学者，坚定的民主战士、爱国者，中国民主同盟早期领导人，中国共产党的挚友。1946 年夏在昆明被国民党特务暗杀。代表作有诗集《红烛》《死水》《七子之歌》，在新诗创作和古代文学研究方面均有突出成就。

和五岳的庄严？又告诉我
泰山的石溜还滴着忍耐，
大江黄河又流着和谐？

再告诉我，那一滴清泪
是孔子吊唁死麟的伤悲？
那狂笑也得告诉我才好——
庄周、淳于髡、东方朔的笑。

请告诉我谁是中国人，
启示我，如何把记忆抱紧；
请告诉我这民族的伟大，
轻轻地告诉我，不要喧哗！

（选自《闻一多全集》，开明书店 1948 年版）

静　夜

闻一多

这灯光，这灯光漂白了的四壁；
这贤良的桌椅，朋友似的亲密；
这古书的纸香一阵阵地袭来；
要好的茶杯贞女一般的洁白；
受哺的小儿唼呷在母亲怀里，
鼾声报道我大儿康健的消息……
这神秘的静夜，这浑圆的和平，
我喉咙里颤动着感谢的歌声。
但是歌声马上又变成了诅咒，
静夜！我不能，不能受你的贿赂。
谁稀罕你这墙内尺方的和平！
我的世界还有更辽阔的边境。
这四墙既隔不断战争的喧嚣，
你有什么方法禁止我的心跳？
最好是让这口里塞满了沙泥，
如其他只会唱着个人的休戚！
最好是让这头颅给田鼠掘洞，
让这一团血肉也去喂着尸虫；
如果只是为了一杯酒，一本诗，
静夜里钟摆摇来的一片闲适，
就听不见了你们四邻的呻吟，

看不见寡妇孤儿抖颤的身影，
战壕里的痉挛，疯人咬着病榻，
和各种惨剧在生活的磨子下。
幸福！我如今不能受你的私贿，
我的世界不在这尺方的墙内。
听！又是一阵炮声，死神在咆哮。
静夜！你如何能禁止我的心跳？

（选自《闻一多全集》[①]，开明书店 1948 年版）

① 据 1948 年版开明书店的《闻一多全集》注："原题《心跳》，据先生选诗订正本改。"

七　绝

谢晋元[①]

勇敢杀敌八百兵，抗战豪情以诗鸣。
谁怜爱国千行泪，说到倭奴气不平。

1937 年 10 月

---

① 谢晋元（1905—1941），字中民，广东梅州蕉岭县人，著名抗日英雄。毕业于黄埔军校第四期，1941 年 4 月 24 日被汪精卫收买的叛徒杀害。

游击队员

徐　明[1]

开满野花的河边上，
一匹白马在饮水。
水里倒映战士的笑脸，
他吹着口哨跨上马背。
枪筒在阳光下闪闪发亮，
马尾巴直起好像一缕烟。
当夜，他和弟兄们一起，
埋伏在丛密的树林里面。
一阵枪响，向老百姓报喜，
刺刀上染红敌人的血迹。
拂晓时，大队回来了。
小伙子，大笑着说什么呢？
他头上戴一顶钢盔，
手里抖着撕碎的太阳旗。
一下马，他掏出一张相片，
许多人看了，又笑又叹息——

① 徐明（1923—1945），原名张广业，山西代县人。抗日英雄，革命烈士。

相片上是一个日本女人愁苦的脸，
她身边还有两个瞪圆眼睛的小儿女。

1939年春

在太行山的雪道上前进

徐　明

太行山上，
冬天的道路，
雪，
像海一样深……

太阳还没有起身，
我们就挺起胸，
翻起大衣领，
像风浪中的帆船，
在雪的海里，
前进，前进……

漫长的雪道上，
早已有行人，
我们踏着前面的脚印走，
而后面踏着我们的脚印而来的人，
还多得很！

这些不断的脚印啊，
深深刻着
我们斗争的艰辛；

深深刻着
我们伙伴的英勇。

当我每跨一步，
便想到：
在太行山的雪道上
刻着我们的脚印，
比在大理石的碑上
用灿烂的金字刻着我们姓名
更有千万倍光荣！

1939年12月

抗日三字经

张自忠①

人之初，性忠坚，爱国家，出自然。
国不保，家不安，卫祖国，务当先。
昔岳母，训武穆，背刺字，精忠谱。
岳家军，奋威武，打金兵，复故土。
唐张巡，守睢阳，奋战死，称忠良。
文天祥，骂元兵，伸正气，留英名。
郑成功，守台湾，抗清兵，美名传。
刘永福，黑旗军，打法兵，英名存。
七月七，卢沟桥，日本鬼，开了炮。
佟麟阁，赵登禹，两将军，把兵举，
守南苑，攻丰台，身虽死，有荣哀。
姚子青，守宝山，一营兵，只余三。
段云青，一等兵，身体健，国术精。
遇敌舟，跃身上，一挡三，是猛将，
左一拳，右扫腿，两倭寇，齐落水，
余一寇，逃船尾，刺刀下，立见鬼。
阎海文，是空军，打敌机，八架焚。
掷炸弹，炸敌轮，轰一声，三舰沉。

① 张自忠（1891—1940），字荩忱，山东临清人。著名抗日将领，民族英雄。从1917年开始，入冯玉祥部，先后担任营长、团长、旅长、师长、军长、军团长、集团军总司令等职。1940年战死。

身受伤，落敌方，从容中，举手枪，
先杀敌，后自戕，不屈辱，真叫棒。
此数将，军人魂，青史上，美名存。

1939 年作

滨江述怀

赵一曼[1]

誓志为人不为家，
涉江渡海走天涯。
男儿岂是全都好，
女子缘何分外差。
未惜头颅新故国，
甘将热血沃中华。
白山黑水除敌寇，
笑看旌旗红似花。

1935—1936 年

---

① 赵一曼（1905—1936），女，原名李坤泰，四川宜宾人。1926 年加入中国共产党。“九一八事变”后到东北。历任中共满洲省总工会组织部长、哈尔滨总工会代理书记、中共珠河中心县委委员、铁北区委书记、东北人民革命军第三军第一师第二团政委、珠河区委书记。1935 年 11 月与日伪军作战时受伤被俘，1936 年 8 月 2 日在珠河被杀害。

有　感

朱学勉①

男儿奋发贵乘时，
莫待萧萧两鬓丝！
半壁河山沦异域，
一天烽火遍旌旗。
痛心自古多奸佞，
怒发而今独赋诗。
四万万人同誓死，
一心一德一戎衣。

① 朱学勉（1912—1944），原名应端贤，浙江宁海人。1937 年 10 月奔赴延安，11 月加入中国共产党。1938 年 2 月由党派回浙江松阳县工作，以后曾任中共鄞县县委书记、宁波县委组织部长、余姚县委书记、诸暨县委书记。1943 年任浙东游击队金萧支队第一大队大队长。1944 年 5 月 27 日在诸暨北乡墨城坞与日伪军作战时牺牲。

第三章

我们万众一心

（抗战歌曲）

义勇军进行曲

田　汉[①]

起来！不愿做奴隶的人们！
把我们的血肉筑成我们新的长城！
中华民族到了最危险的时候，
每个人被迫着发出最后的吼声。
起来！起来！起来！
我们万众一心，
冒着敌人的炮火，前进！
冒着敌人的炮火，前进！
前进！前进！进！

---

① 田汉（1898—1968），字寿昌，曾用笔名伯鸿、陈瑜、漱人等，湖南长沙人。戏剧活动家、剧作家、诗人，现代话剧的开拓者和戏曲改革的先驱，中国戏剧运动的奠基人。

毕业歌

田汉

同学们，大家起来，
担负起天下的兴亡！
听吧，满耳是大众的嗟伤！
看吧，一年年国土的沦丧！
我们是要选择“战”还是“降”？
我们要做主人去拼死在疆场，
我们不愿做奴隶而青云直上！
我们今天是桃李芬芳，
明天是社会的栋梁；
我们今天是弦歌在一堂，
明天要掀起民族自救的巨浪！
巨浪，巨浪，不断地增长！
同学们！同学们！
快拿出力量，
担负起天下的兴亡！

1934 年

杀敌救国歌

宋哲元①

一

中国要自强，齐心到战场。杀尽日本军，铲除狗豺狼。
自从九一八，寻衅在沈阳。占了东三省，热河也遭殃。
强战我平津，又往上海闯。进扰我南口，察北亦披猖。
得寸又进尺，要把中国亡。同胞须奋起，人人都抵抗。

二

国人要认清，日寇太蛮横。经过城乡镇，钱粮抢一空。
奸淫人妇女，残杀人弟兄。有敌就无我，两者不相容。
中华好男儿，为国应尽忠。同胞雪此耻，个个向前冲。
杀一日本兵，心中还不平。要杀便杀尽，方能算成功。

三

同胞要认真，救国莫因循。国破家亦破，国存家始存。

① 宋哲元（1885—1940），字明轩，山东乐陵人。军事家，抗战名将。治军严谨，作战勇敢。1935年被授予国民革命军二级陆军上将，任平津卫戍司令、冀察政务委员会委员长兼河北省政府主席。

无论前后方，责任不可分。或者出人力，帮助杀敌人。
或者出物力，接济我国军。国家有决心，人民不怕拼。
我们全中国，大家同一心。打退敌人后，幸福自来临。

四

大家倾耳听，国军已进攻。同胞都奋起，个个逞威风。
枪击敌飞机，人人都能成。奋勇夺敌炮，紧追不放松。
破坏坦克车，要用炸弹崩。有进决无退，努力向前冲。
日本必然败，中国一定胜。打回老家去，宁死也光荣。

1937 年 8 月 18 日

松花江上

张寒晖①

我的家在东北松花江上，
那里有森林煤矿，
还有那满山遍野的大豆高粱。
我的家在东北松花江上，
那里有我的同胞，
还有那衰老的爹娘。
九一八，九一八，
从那个悲惨的时候！
九一八，九一八！
从那个悲惨的时候，
脱离了我的家乡，
抛弃那无尽的宝藏，
流浪！流浪！
整日价在关内，流浪！
哪年，哪月，
才能够回到我那可爱的故乡？

---

① 张寒晖（1902—1946），原名张蓝璞，字含晖，河北定县（今定州市）人。1925 年加入中国共产党。1930 年在北平加入中国左翼作家联盟。1934 年回家乡组织抗日救国会，同时从事小说和戏剧创作，积极宣传抗日救国。创作的《松花江上》《军民大生产》《去当兵》等著名歌曲，曾在解放区和全国广为流传，被誉为“人民艺术家”。

哪年，哪月，

才能够收回那无尽的宝藏?!

爹娘啊，爹娘啊。

什么时候，

才能欢聚一堂?!

去 当 兵

张寒晖

你别说，
日本兵他难过河，
咱就想快乐。
你不出钱，我不当兵，
想个法儿躲。
没人打仗亡了国，
唉，看你怎么活！

军民大生产

张寒晖

解放区呀么嗬咳，
大生产呀么嗬咳，
军队和人民西里里里嚓啦啦啦嗦啰啰啰太，
齐动员呀么嗬咳。
兵工队呀么嗬咳，
互助组呀么嗬咳，
劳动的歌声西里里里嚓啦啦啦嗦啰啰啰太，
满山川呀么嗬咳。
妇女们呀么嗬咳，
都争先呀么嗬咳，
手摇着纺车吱咛吱咛吱咛吱咛嗡嗡嗡嗡吱（儿），
纺线线呀么嗬咳。
又能武呀么嗬咳，
又能文呀么嗬咳，
人问我什么队伍（一、二、三、四）！
八路军呀么嗬咳。
自己动手么嗬咳，
丰衣足食么嗬咳，
加紧生产西里里里嚓啦啦啦嗦啰啰啰太，
为抗战呀么嗬咳。

1937年11月

八路军进行曲

公　木[1]

向前！向前！向前！
我们的队伍向太阳
脚踏着祖国的大地
背负着民族的希望
我们是一支不可战胜的力量
我们是善战的前卫
我们是民众的武装
从无畏惧
绝不屈服
永远抵抗
直到把日寇逐出国境
自由的旗帜高高飘扬
听，风在呼啸军号响
听，抗战歌声多嘹亮
同志们整齐步伐奔向解放的战场
同志们整齐步伐奔去敌人的后方
向前！向前！

---

① 公木（1910—1998），原名张永年，笔名公木、木农等，河北辛集市人。现当代诗人、学者、教育家。《英雄赞歌》《八路军进行曲》的歌词作者。《八路军进行曲》1965年改名为《中国人民解放军进行曲》，1988年被中共中央军事委员会确定为中国人民解放军军歌。

我们的队伍向太阳
向华北的原野
向塞外的山岗

八路军军歌

公　木

铁流两万五千里，直向着一个坚定的方向！
苦斗十年，锻炼成一支不可战胜的力量。
一旦强虏寇边疆，
慷慨悲歌奔战场，
首战平型关，
威名天下扬。
首战平型关，
威名天下扬。
游击战，敌后方，铲除伪政权；
游击战，敌后方，坚持反扫荡。
钢刀插进敌胸膛，
钢刀插进敌胸膛。
巍巍长白山，滔滔鸭绿江，誓复失地逐强梁。
争民族独立，求人类解放，
这神圣的重大责任，都担在我们双肩。

1939 年秋

冲 锋 歌

公　木

炮声震地响，
战火漫天烧，
看我健儿抖擞精神个个逞英豪，
看我健儿抖擞精神个个逞英豪。
听啊，冲锋号响了，
冲上前，
挥起钢刀冲啊！
杀！
白刃映白光，
红血溅敌壕。
冲啊！
敌人退了，追，捉活的，
敌人退了，追，捉活的，
不让一个生逃，
弟兄们冲啊！
杀，杀，
杀，杀，杀！

1939 年秋于延安

快乐的八路军

公　木

我们奔驰在晋察的山岗，
清响的驼铃随风而叮当。
我们奔驰在冀鲁的平原，
碧绿的田野喷吐着芬香。
我们奔驰在热辽的沙野，
纷纷的雨雪遮断了边疆。
不管是城市村庄，
不管是腹地边疆，
到处招引着欢迎的手，
飘荡着欢迎的歌唱。
我们把祖国的同胞，
由黑暗引向光明；
我们把侵略的强盗，
用战斗叫他们灭亡。
我们出没于敌人的炮火，
我们出没于敌人的后方。
战场上学习，战斗中成长，
谁能比得上我们快乐洋洋，
谁能比得上我们快乐洋洋。

1939 年秋于延安

炮兵歌

公　木

长空里飘荡着悲壮的歌声，
长空里飘荡着悲壮的歌声，
同志们，
踏着这战斗的节拍，
向前冲，
冲啊，冲啊。
这是我们的国土，
哪容得暴政横行；
这是我们的同胞，
哪忍看恶寇逞凶。
对准，对准敌人盘踞的城堡；
对准，对准恶寇顽守的山岗，
轰，轰，轰，
轰，轰，轰。
哪怕山高路险，
哪怕城坚墙固，
我们一起轰，
轰，轰，轰。
长空里飘荡着悲壮的歌声，
长空里飘荡着悲壮的歌声，
悲壮的歌声。

我们的力量在生长，
我们的力量在生长。
到相持，
到反攻，
直到把侵略的强盗，
赶出国土之东。

1939 年秋于延安

黄河大合唱

光未然[1]

一、黄河船夫曲

(朗诵词)

朋友！
你到过黄河吗？
你渡过黄河吗？
你还记得河上的船夫
拼着性命
和惊涛骇浪搏战的情景吗？
如果你已经忘掉的话，
那么你听吧！

(歌词)

咳哟！
划哟！划哟！划哟！

---

① 光未然（1913—2002），原名张光年，湖北省光化县人。现代诗人、文学评论家。20世纪30年代积极从事进步的戏剧活动和文学活动。1936年到上海从事抗日救亡活动。1939年到延安，创作组诗《黄河大合唱》。著有诗集《五月花》，论文集《戏剧的现实主义问题》《文艺辩论集》《风雨文谈》等。

划哟，冲上前！
划哟，冲上前！……
咳哟！
乌云啊，
遮满天！
波涛啊，
高如山！
冷风啊，
扑上脸！
浪花啊，
打进船！
咳哟！
伙伴啊，
睁开眼！
舵手啊，
把住腕！
当心啊，
别偷懒！
拼命啊，
莫胆寒！
咳！划哟！
咳！划哟！
不怕那千丈波浪高如山！
不怕那千丈波浪高如山！
行船好比上火线，
团结一心冲上前！
咳！划哟！
咳！划哟！

咳哟！划哟……
划哟！冲上前！
划哟！冲上前！……
咳哟！
哈哈哈哈……
我们看见了河岸，
我们登上了河岸，
心啊安一安，
气啊喘一喘。
回头来，
再和那黄河怒涛
决一死战！
决一死战！

二、黄河颂

（朗诵词）
啊！朋友！
黄河以它英雄的气魄，
出现在亚洲的原野；
它表现出我们民族的精神：
伟大而又坚强！
这里，
我们向着黄河，
唱出我们的赞歌。

（歌词）
我站在高山之巅，

望黄河滚滚，
奔向东南。
金涛澎湃，
掀起万丈狂澜；
浊流宛转，
结成九曲连环；
从昆仑山下
奔向黄海之边；
把中原大地
劈成南北两面。
啊！黄河！
你是中华民族的摇篮！
五千年的古国文化，
从你这儿发源；
多少英雄的故事，
在你的身边扮演！
啊！黄河！
你是伟大坚强，
像一个巨人
出现在亚洲平原之上，
用你那英雄的体魄
筑成我们民族的屏障。
啊，黄河！
你一泻万丈，
浩浩荡荡，
向南北两岸
伸出千万条铁的臂膀。
我们民族的伟大精神，

将要在你的哺育下
发扬滋长！
我们祖国的英雄儿女，
将要学习你的榜样，
像你一样的伟大坚强！
像你一样的伟大坚强！

三、黄河之水天上来

（朗诵词）
黄河！
我们要学习你的榜样，
像你一样的伟大坚强。
这里，
我们要在你面前，
献上一首诗，
哭诉我们民族的灾难。

（歌词）
黄河之水天上来，
排山倒海，
汹涌澎湃，
奔腾叫啸，
使人肝胆破裂！
这是中国的大动脉，
在它的周身，
奔流着民族的热血。
红日高照，

水上金光迸裂。
月出东山，
河面银光似雪。
它震动着，
跳跃着，
像一条飞龙，
日行万里，
注入浩浩的东海。
虎口——龙门，
摆成天上的奇阵；
人，
不敢在它的身边挨近，
就是毒龙
也不敢在水底存身。
在十里路外，
仰望着它的浓烟上升，
像烧着漫天大火，
使你热血沸腾；
其实——
凉气逼来，
你会周身感到寒冷。
它呻吟着，
震荡着，
发出十万万匹马力，
摇动了地壳，
冲散了天上的乌云。
啊，黄河！
河中之王！

它是一匹疯狂的野兽啊，
发起怒来，
赛过千万条毒蟒，
它要作浪兴波，
冲破人间的堤防。
于是黄河两岸，
遭到可怕的灾殃：
它吞食了两岸的人民，
削平了数百里外的村庄，
使千百万同胞
扶老携幼，
流亡他乡，
挣扎在饥饿线上，
死亡线上！
如今
两岸的人民，
又受到空前的灾难：
东方的海盗，
在亚洲的原野，
放出杀人的毒焰；
饥饿和死亡，
像黑热病一样
在黄河的两岸传染！
啊，黄河！
你抚育着我们民族的成长；
你亲眼看见，
这五千年的古国
遭受过多少灾难！

自古以来，
在黄河边上
展开了无数血战，
让累累白骨
堆满你的河身，
殷殷鲜血
染红你的河面！
但你从没有看见
敌人的残暴
如同今天这般；
也从没有看见
黄帝的子孙
像今天这样
开始了全国动员。
在黄河两岸，
游击兵团，
野战兵团，
星罗棋布，
穿插在敌人后面；
在万山丛中，
在青纱帐里，
展开了英勇血战！
啊，黄河！
你记载着我们民族的年代，
古往今来，
在你的身边
兴起了多少英雄豪杰！
但是，

你从不曾看见
四万万同胞
像今天这样
团结得如钢似铁；
千百万民族英雄，
为了保卫祖国
洒尽他们的热血；
英勇的故事，
像黄河怒涛，
山岳一般的壮烈！
啊，黄河！
你可曾听见
在你的身旁
响彻了胜利的凯歌？
你可曾看见
祖国的铁军
在敌人后方
布成了地网天罗？
他们把守着黄河两岸，
不让敌人渡过！
他们要把疯狂的敌人
埋葬在滚滚的黄河！
啊，黄河！
你奔流着，
怒吼着，
替法西斯的恶魔
唱着灭亡的葬歌！
你怒吼着，

叫啸着，
向着祖国的原野，
响应我们伟大民族的
胜利的凯歌！

四、黄水谣

（朗诵词）
我们是黄河的儿女！
我们艰苦奋斗，
一天天接近胜利。
但是，
敌人一天不消灭，
我们一天便不能安身；
不信，你听听
河东民众痛苦的呻吟。

（歌词）
黄水奔流向东方，
河流万里长。
水又急，
浪又高，
奔腾叫啸如虎狼。
开河渠，
筑堤防，
河东千里成平壤。
麦苗儿肥啊，
豆花儿香，

男女老幼喜洋洋。
自从鬼子来，
百姓遭了殃！
奸淫烧杀，
一片凄凉，
扶老携幼，
四处逃亡，
丢掉了爹娘，
回不了家乡！
黄水奔流日夜忙，
妻离子散，
天各一方！
妻离子散，
天各一方！

五、河边对口曲

（朗诵词）
妻离子散，
天各一方！
但是，
我们难道永远逃亡？
你听听吧，
这是黄河边上
两个老乡的对唱。

（歌词）
张老三，我问你，

你的家乡在哪里？

我的家，在山西，
过河还有三百里。

我问你，在家里，
种田还是做生意？

拿锄头，耕田地，
种的高粱和小米。

为什么，到此地，
河边流浪受孤凄？

痛心事，莫提起，
家破人亡无消息。

张老三，莫伤悲，
我的命运不如你！

为什么，王老七，
你的家乡在何地？

在东北，做生意，
家乡八年无消息。

这么说，我和你，
都是有家不能回！

仇和恨，在心里，
奔腾如同黄河水！
黄河边，定主意，
咱们一同打回去！
为国家，当兵去，
太行山上打游击！
从今后，我和你，
一同打回老家去！

六、黄河怨

（朗诵词）
朋友！
我们要打回老家去！
老家已经太不成话了！
谁没有妻子儿女，
谁能忍受敌人的欺凌？
亲爱的同胞们！
你听听
一个妇人悲惨的歌声。

（歌词）
风啊，
你不要叫喊！
云啊，
你不要躲闪！
黄河啊，

你不要呜咽！
今晚，
我在你面前
哭诉我的愁和冤！
命啊，
这样苦！
生活啊，
这样难！
鬼子啊，
你这样没心肝！
宝贝啊，
你死得这样惨！
我和你无仇又无冤，
偏让我无颜偷生在人间！
狂风啊，
你不要叫喊！
乌云啊，
你不要躲闪！
黄河的水啊，
你不要呜咽！
今晚
我要投在你的怀中，
洗清我的千重愁来万重冤！
丈夫啊，
在天边！
地下啊，
再团圆！
你要想想妻子儿女死得这样惨！

你要替我把这笔血债清算！
你要替我把这笔血债清还！

七、保卫黄河

（朗诵词）
但是，
中华民族的儿女啊，
谁愿像猪羊一般
任人宰割？
我们抱定必胜的决心，
保卫黄河！
保卫华北！
保卫全中国！

（歌词）
风在吼，
马在叫，
黄河在咆哮，
黄河在咆哮。
河西山冈万丈高，
河东河北
高粱熟了。
万山丛中，
抗日英雄真不少！
青纱帐里，
游击健儿逞英豪！
端起了土枪洋枪，

挥动着大刀长矛，
保卫家乡！
保卫黄河！
保卫华北！
保卫全中国！

八、怒吼吧，黄河！

（朗诵词）
听啊：
珠江在怒吼！
扬子江在怒吼！
啊！黄河！
掀起你的怒涛，
发出你的狂叫，
向着全中国被压迫的人民，
向着全世界被压迫的人民，
发出你战斗的警号吧！

（歌词）
怒吼吧，黄河！
怒吼吧，黄河！
怒吼吧，黄河！
掀起你的怒涛，
发出你的狂叫！
向着全世界的人民，
发出战斗的警号！
啊！

五千年的民族，
苦难真不少！
铁蹄下的民众，
苦痛受不了！
受不了！
但是，
新中国已经破晓；
四万万五千万民众
已经团结起来，
誓死同把国土保！
你听，你听，你听：
松花江在呼号；
黑龙江在呼号；
珠江发出了英勇的叫啸；
扬子江上
燃遍了抗日的烽火！
啊！黄河！
怒吼吧！怒吼吧！怒吼吧！
向着全中国受难的人民，
发出战斗的警号！
向着全世界劳动的人民，
发出战斗的警号！

1939 年 3 月写于延安

第三路军成立纪念歌

李兆麟①

一

绚烂神州地，
白山黑水间。
八载余，强敌嚣张，
铁蹄肆踏践。
中华民族遭蹂躏，
惨痛何堪言！
骨露原野，
血染白山巅。
义愤填胸，
揭竿齐向前。
誓驱倭寇，
团结赴国难。
民族自救抗日军，
铁血壮志坚，
杀敌救国复河山。

---

① 李兆麟（1910—1946），辽宁辽阳（今灯塔县）人。中共北满省委主要领导人之一，东北抗日联军创建人。

二

驰骋吉黑边，
横扫哈东南。
军威远，松江动荡，
兴安亦震撼。
冰天雪地朔风吼，
夜雨复霜天。
救亡壮志，
永矢兮弗谖！
鼓角乍鸣，
将士各争先。
杀声四起，
敌寇心胆寒。
八载于兹未稍懈，
孤军喋血战，
伟哉豪气长虹贯！

三

机动游击战，
突破嫩江原。
貔貅健，长驱挺进，
到处得声援。
反日怒潮澎湃起，
爆发指顾间。
响应我党对日总抗战，

消灭日贼走狗与汉奸。
精诚团结，
粉碎封锁线。
救国重任万众担，
势急不容缓，
国耻血债血来还！

四

举国鼎沸兮，
全民总抗战。
烈焰炽，
战争烽火延烧遍中原。
东北抗联齐奋斗，
统一指挥建，
三路军成立军民齐腾欢。
厉兵秣马，
慷慨赴火线。
果敢冲锋，
寇氛一扫完。
民族革命成功日，
红旗光灿烂，
高歌欢唱奏凯旋。

西征胜利歌

杨靖宇①

红旗招展，枪刀闪灿，我军向西征。
大军浩荡，人人英勇，日匪心胆惊。
纪律严明，到处宣传，群众俱欢迎。
创造新区，号召人民，为祖国战争。
中国红军，已到热河，眼看到奉天。
西征大军，夹攻日匪，赶快来会面。
日匪国内，党派讧争，革命风潮展。
对美对俄，四面楚歌，日匪死不远。
紧握枪刀，向前猛进，同志齐踊跃。
歼灭日匪，金田全队，我队战斗好。
摩天高岭，一场大战，惊碎敌人胆。
盔甲枪弹，胜利无算，齐奏凯歌还。
同志快来，高高举起胜利的红旗。
拼着热血，誓必打倒日本帝国主义。
铁骑纵横，满洲军队，已有十大军。
万众蜂起，勇敢杀敌，祖国收复矣。

---

① 杨靖宇（1905—1940），河南确山县人。抗日民族英雄，鄂豫皖苏区及其红军的创始人之一。1932年，受党中央委托到东北组织抗日联军，历任抗日联军总指挥、政委等职，率领东北军民与日寇血战于白山黑水之间，在冰天雪地、弹尽粮绝的紧急情况下，孤身一人与大量敌人周旋战斗几昼夜后壮烈牺牲。

东北抗日联军第一路军军歌

杨靖宇

我们是东北抗日联合军，
创造出联合军的第一路军。
乒乓的冲锋杀敌缴械声，
那就是革命胜利的铁证。

正确的革命信条应遵守，
官长士兵待遇都是平等。
铁般的军纪风纪要服从，
锻炼成无敌的革命铁军。

亲爱的同志们团结起，
从敌人精锐的枪刀下，
夺回来所失的我国土，
解放亡国奴的牛马生活！

英勇的同志们前进呀！
赶走日寇推翻“满洲国”。
这一次的民族革命战争，
要完成弱小民族的解放运动。

高悬在我们的天空中，

普照着胜利军旗的红光。
冲锋呀，我们的第一路军！
冲锋呀，我们的第一路军！

丈夫去当兵

老　舍

丈夫去当兵，
老婆叫一声：
毛儿的爹你等等我，
为妻的将你送一程。
你去投军打日本，
心高胆大好光荣；
男儿本该为国死，
莫念妻子小娇身。

丈夫去打仗，
妻子守家庭；
你在外边打得好，
我在家中把地来耕。
可惜我非男子汉，
不能随你投大营；
幸喜你今扛枪去，
一乡之中有美名。

谁不敬重我，
丈夫去当兵；
到了前方不怕死，

保住江山万家生。
纵然是死在沙场上，
有为妻的替你守家庭；
孩子们长大来相问，
我说你爸爸去打贼兵。

为国尽忠死，
千年留美名；
父是英雄儿是好汉，
前人修路后人行。
儿子成人知爱国，
保我中华享太平；
只有那些无心汉，
才在家中过一生。

丈夫去当兵，
老婆叫一声：
毛儿的爹你快快去，
为妻的不再远送行。
盼你平安回家转！
盼你多杀东洋兵！
你若不幸身先死，
英魂莫散喊杀声！

我爱我的枪

远千里

我爱我的枪，
　枪身明又亮，
我爱我的枪，
　常伴我身旁。

我的枪，
　睡在我床上，
我的枪，
　随我上战场。

枪啊枪！
　我把子弹
装进你的胸膛，
枪啊枪！
你要
瞄准敌人的方向……

1942年10月，晋察冀南洪城

游击队歌

贺绿汀[①]

我们都是神枪手，每一颗子弹消灭一个敌人，
我们都是飞行军，哪怕那山高水又深。
在密密的树林里，到处都安排同志们的宿营地，
在高高的山岗上，有我们无数的好兄弟。
没有吃，没有穿，自有那敌人送上前，
没有枪，没有炮，敌人给我们造。
我们生长在这里，每一寸土地都是我们自己的，
无论谁要强占去，我们就和他拼到底！

哪怕日本强盗凶，我们的兄弟打起仗来真英勇，
哪怕敌人枪炮狠，找不到我们人和影。
让敌人乱冲撞，我们的阵地建在敌人侧后方，
敌人战线越延长，我们的队伍愈扩张。
不分穷，不分富，四万万同胞齐武装，
不论党，不论派，大家都来抵抗。
我们愈打愈坚强，日本的强盗一定走向灭亡，
看最后胜利日，世界和平现曙光。

1937 年

---

① 贺绿汀（1903—1999），名楷，号抱真，湖南邵东县人。著名作曲家、音乐理论家、音乐教育家。共创作完成了三部大合唱、二十余首合唱、近百首歌曲、六首钢琴曲、六首管弦乐曲、十多部电影音乐以及一些秧歌剧音乐和器乐。

新四军军歌

陈　毅①

光荣北伐武昌城下，
血染着我们的姓名；
孤军奋斗罗霄山上，
继承了先烈的殊勋。
千百次抗争，风雪饥寒；
千万里转战，穷山野营。
获得丰富的斗争经验，
锻炼艰苦的牺牲精神。
为了社会幸福，
为了民族生存，
一贯坚持我们的斗争！
八省健儿汇成一道抗日的铁流，
八省健儿汇成一道抗日的铁流。
东进，东进！我们是铁的新四军！
东进，东进！我们是铁的新四军！
东进，东进！我们是铁的新四军！

① 陈毅（1901—1972），名世俊，字仲弘，四川乐至人。中国共产党的优秀党员，久经考验的忠诚的共产主义战士，无产阶级革命家、政治家、军事家、外交家、诗人；中国人民解放军的创建者和领导者之一，中华人民共和国十大元帅之一。著作编为《陈毅军事文选》《陈毅诗词选集》《陈毅诗稿》等。

扬子江头，淮河之滨，
任我们纵横地驰骋；
深入敌后，百战百胜，
汹涌着杀敌的呼声。
要英勇冲锋，歼灭敌寇；
要大声呐喊，唤起人民。
发扬革命的优良传统，
创造现代的革命新军。
为了社会幸福，
为了民族生存，
巩固团结坚决的斗争！
抗战建国，高举独立自由的旗帜，
抗战建国，高举独立自由的旗帜。
东进，东进！我们是铁的新四军！
东进，东进！我们是铁的新四军！
东进，东进！我们是铁的新四军！

1939年6月

抗日军政大学校歌

凯　丰[①]

黄河之滨，集合着一群
中华民族优秀的子孙。
人类解放，救国的责任，
全靠我们自己来担承。
同学们，努力学习，
团结、紧张、严肃、活泼，
我们的作风；
同学们，积极工作，
艰苦奋斗，英勇牺牲，我们的传统。
像黄河之水，汹涌澎湃，
把日寇驱逐于国土之东。
向着新社会前进！前进！
我们是劳动者的先锋！

1937 年

① 凯丰（1906—1955），原名何克全，江西萍乡人。中国共产党早期领导人之一。参加长征和遵义会议，抗战时期任中央宣传部代部长。

救亡进行曲

周钢鸣[①]

工农兵学商，一齐来救亡，
拿起我们的铁锤刀枪，走出工厂、田庄、课堂，
到前线去吧，走上民族解放的战场！
脚步合着脚步，臂膀扣着臂膀，
我们的队伍是广大强壮，
全世界被压迫兄弟的斗争，是朝着一个方向。
千万人的声音高呼着反抗，
千万人的歌声为革命斗争而歌唱。
我们要建设大众的国防，
大家起来武装，打倒汉奸走狗，枪口朝外响！
要收复失地，打倒日本帝国主义，
把旧世界的强盗杀光！

1936 年

---

① 周钢鸣（1909—1981），原名刚明，广西罗城人。现代作家。1932 年参加“左联”，1934 年加入中国共产党。曾任《救亡日报》记者，中华全国文艺界抗敌协会桂林、香港、昆明分会常务理事。著有歌词《救亡进行曲》，论文集《论文艺改造》《怎样写报告文学》等。

到敌人后方去

赵启海①

到敌人后方去，
把鬼子赶出境！
到敌人后方去，
把鬼子赶出境！
不怕雨，不怕风，
包后路，出奇兵，
今天攻下来一个村，
明天夺回来一座城，
叫鬼子顾西不顾东，
叫鬼子军力不集中。
到敌人后方去，
把鬼子赶出境！
到敌人后方去，
把鬼子赶出境！
两路夹攻才能打得赢，
两路夹攻才能打得胜！
到敌人后方去，

---

① 赵启海（1914—2002），江苏徐州铜山县人。美籍华人音乐家。在学生时期积极参加抗日救国运动，组建“北平学生流亡剧团”南下宣传抗日。与冼星海创作了《到敌人后方去》和《起来吧祖国的孩子们》等抗日歌曲。

把鬼子赶出境！
到敌人后方去，
把鬼子赶出境！
不论西，不论东，
从北平，到南京，
到处有我们游击队，
到处有我们好弟兄，
看日本军阀有什么用，
看日本军阀有什么用？
到敌人后方去，
把鬼子赶出境！
到敌人后方去，
把鬼子赶出境！
我们的旗帜插遍了东三省，
我们的旗帜插遍了黄河东。
到敌人后方去，
把鬼子赶出境！
到敌人后方去，
把鬼子赶出境！
把鬼子赶出境！

1938年9月

长城谣

潘子农　刘雪庵[①]

万里长城万里长，长城外面是故乡。
高粱肥，大豆香，遍地黄金少灾殃。
自从大难平地起，奸淫掳掠苦难当。
苦难当，奔他方，骨肉离散父母丧。
没齿难忘仇和恨，日夜只想回故乡。
大家拼命打回去，哪怕倭寇逞豪强。
万里长城万里长，长城外面是故乡。
四万万同胞心一样，新的长城万里长。
万里长城万里长，长城外面是故乡。
四万万同胞心一样，新的长城万里长。

1937年

---

① 潘子农（1909—1993），浙江湖州人。20世纪20年代后期开始从事文学创作，是当时著名的话剧编剧和导演。

刘雪庵（1905—1985），四川铜梁人，作曲家。抗战开始后参加抗日救亡运动，创作了钢琴曲《中国组曲》。主要作品有《何日君再来》《流亡三部曲》等。

七劝救国歌

佚　名

第一劝来劝农民，国家要粮来养兵。
你是有心来救国，耕田种地爱认真！
第二劝来劝劳工，铁厂打铁爱烧红。
制造刀枪送前线，打得鬼子叫阿公！
第三劝来劝商家，贩卖日货差又差。
拿出银钱帮鬼子，制造枪炮打自家。
第四劝来劝学生，敌人凶狠勿使惊。
宣传大家打鬼子，收回失地好名声。
第五劝来劝军人，莫怕死来莫贪生。
开到前线打鬼子，勿再来打自家人。
第六劝来劝女人，勿使烧香去求神。
你是有心救中国，劝郎劝子当红军。
第七劝来劝大家，人不团结十分差。
大家武装来抗日，要知有国才有家。

1937 年流行于闽西

大刀进行曲

麦　新①

大刀向鬼子们的头上砍去，
全国武装的同胞们，
抗战的一天来到了，
抗战的一天来到了。
前面有东北的义勇军，
后面有全国的老百姓，
咱们中国军队勇敢前进！
看准那敌人，
把他消灭！把他消灭！（喊：冲啊！）
大刀向鬼子们的头上砍去！（喊：杀！）

1937 年

---

① 麦新（1914—1947），原名孙培元，别名默心、铁克，上海人。革命音乐家，《大刀进行曲》的词曲作者。抗战期间，创作了近百首宣传抗日的革命歌曲。

在太行山上

桂涛声①

红日照遍了东方，
自由之神在纵情歌唱！
看吧！
千山万壑，铜壁铁墙！
抗日的烽火，燃烧在太行山上！
气焰千万丈！
听吧！
母亲叫儿打东洋，妻子送郎上战场。
我们在太行山上，我们在太行山上；
山高林又密，兵强马又壮！
敌人从哪里进攻，我们就要它在哪里灭亡！
敌人从哪里进攻，我们就要它在哪里灭亡！

1938年

① 桂涛声（1906—1982），原名桂独生，笔名涛声，回族，云南曲靖人。抗战时期，创作了很多富有鼓动性、战斗性的歌词。

歌八百壮士

桂涛声

中国不会亡！
中国不会亡！
你看那民族英雄谢团长！
中国不会亡！
中国不会亡！
你看那八百壮士孤军奋守东战场！
四方都是炮火，四方都是豺狼，
宁愿死不退让，宁愿死不投降。
我们的国旗在重围中飘荡！
飘荡！飘荡！飘荡！飘荡！
八百壮士一条心，十万强敌不敢当。
我们的行动伟烈！我们的气节豪壮！
同胞们！起来！同胞们！起来！
快快上战场，拿八百壮士做榜样。
中国不会亡！中国不会亡！
中国不会亡！中国不会亡！
不会亡！不会亡！不会亡！
不会亡！不会亡！不会亡！
不会亡！

1937 年

团结就是力量

牧　虹[1]

团结就是力量，
团结就是力量！
这力量是铁，
这力量是钢，
比铁还硬，
比钢还强。
向着法西斯蒂开火，
让一切不民主的制度死亡！
向着太阳，
向着自由，
向着新中国
发出万丈光芒！

（1943 年，卢肃、牧虹创作了独幕话剧《团结就是力量》，剧中的歌曲就是《团结就是力量》。）

---

① 牧虹（1918—1989），原名赵鸿模，江苏徐州人。现代作家、表演艺术家。抗战开始后，辗转于成都、重庆等地，与赵丹、白杨、章曼萍合演《雷雨》《放下你的鞭子》。在延安为抗日军民演出，成功地塑造了《带枪的人》中的列宁、《前线》中的盖达尔政委、《白毛女》中的杨白劳等艺术形象；同时，还创作了《女八路》《红袄子》《我爱八路军》《团结就是力量》等一批话剧和歌剧。

恭喜恭喜

陈歌辛[①]

每条大街小巷
每个人的嘴里
见面第一句话
就是恭喜恭喜
恭喜恭喜恭喜你呀
恭喜恭喜恭喜你

冬天已到尽头
真是好的消息
温暖的春风
就要吹醒大地
恭喜恭喜恭喜你呀
恭喜恭喜恭喜你

---

① 陈歌辛（1914—1961），人称“歌仙”，原名陈昌寿，出生于江苏南汇（今上海浦东），著名作曲家。陈歌辛一生创作歌曲近200首，其中《玫瑰玫瑰我爱你》《蔷薇蔷薇处处开》《渔家女》《恭喜恭喜》《夜上海》《小小洞房》《初恋女》《凤凰于飞》等歌曲，仍在中国和海外盛唱不衰，他的《春之消息》组歌及《渡过这冷的冬天》《不准敌人通过》等歌，则在抗日战争时期风行一时，起过振聋发聩的作用。1945年抗日战争胜利，中国人民满心欢喜，期待明天，《恭喜恭喜》便在纪念抗战胜利的背景下诞生了。

皓皓冰雪溶解
眼看梅花吐蕊
漫漫长夜过去
听到一声鸡啼
恭喜恭喜恭喜你呀
恭喜恭喜恭喜你

经过多少困难
历经多少磨练
多少心儿盼望
盼望春的消息
恭喜恭喜恭喜你呀
恭喜恭喜恭喜你

每条大街小巷
每个人的嘴里
见面第一句话
就是恭喜恭喜
恭喜恭喜恭喜你呀
恭喜恭喜恭喜你

图书在版编目(CIP)数据

最后的吼声 :抗战诗歌选 / 倪林编. -- 北京 :中国文史出版社, 2022.3

ISBN 978-7-5205-2691-3

Ⅰ. ①最… Ⅱ. ①倪… Ⅲ. ①诗集-中国-现代②革命歌曲-歌词集-中国-当代 Ⅳ. ①I226②I227

中国版本图书馆 CIP 数据核字(2020)第 245437 号

责任编辑:薛未未
特约编辑:张洪波

出版发行:**中国文史出版社**
社　　址:北京市海淀区西八里庄路 69 号院　邮编:100142
电　　话:010-81136606　81136602　81136603(发行部)
传　　真:010-81136655
印　　装:北京新华印刷有限公司
经　　销:全国新华书店
开　　本:720×1020　1/16
印　　张:22.75　　　字数:255 千字
版　　次:2022 年 3 月第 1 版
印　　次:2022 年 3 月第 1 次印刷
定　　价:68.00 元